Une tendre aventure

ALLY BLAKE

Une tendre aventure

Traduction française de
VIRGINIE CANTIN

AZUR

HARLEQUIN

Collection : Azur

Titre original :
WHIRLWIND FLING TO BABY BOMBSHELL

HARPERCOLLINS FRANCE
83-85, boulevard Vincent-Auriol, 75646 PARIS CEDEX 13
Service Clients — https://www.harlequin.fr/contenu/contactez-nous
ISBN 978-2-2805-1600-6 — ISSN 0993-4448

Édité par HarperCollins France.
Composition et mise en pages Nord Compo.
Imprimé en mars 2025 par CPI Black Print (Barcelone)
en utilisant 100% d'électricité renouvelable.
Dépôt légal : avril 2025.

FSC
www.fsc.org
MIXTE
Papier issu de sources responsables
FSC® C159065

Pour limiter l'empreinte environnementale de ses livres, HarperCollins France s'engage à n'utiliser que du papier fabriqué à partir de bois provenant de forêts gérées durablement et de manière responsable.

1

Une playlist de Cole Porter dans ses écouteurs, une main protégeant son visage de l'éclat du soleil automnal de Melbourne, Adelaide Adams admira longuement la sublime façade de la Big Think Corp. Une fois qu'elle aurait franchi ces portes, elle ferait un véritable bond vers la carrière de ses rêves. Et pourtant ses pieds restaient cloués au sol.

Pour se donner du courage, Adelaide tira sur le revers de sa veste pied-de-poule, un modèle à épaulettes semblable à ceux qu'affectionnait Katharine Hepburn, son idole. « Habille-toi pour la vie que tu veux, pas pour celle que tu as » disait la mère d'Adelaide, qui avait l'habitude de se balader dans sa cuisine en robe de chambre de soie, un martini à la main, à 8 heures du matin les jours d'école.

Adelaide avait définitivement hérité les rêves de grandeur de sa mère, même si les siens étaient moins ambitieux. Elle rêvait d'être un écrivain reconnu et de vivre de sa plume, mais en attendant elle travaillait comme rédactrice au sein d'un média en ligne. Ou, du moins, elle y travaillait jusqu'à la semaine précédente, date à laquelle elle avait tout abandonné pour saisir sa chance : franchir ces gigantesques portes vitrées rotatives et interviewer un certain Ted Fincher.

Ted Fincher était l'un des trois cofondateurs de l'entreprise innovante qu'était Big Think Corp. Rencontrer ces scientifiques de renommée mondiale – et milliardaires, de surcroît – était un peu plus stimulant que de raconter des histoires d'infirmières à la retraite ou de chiens qui avaient sauvé la vie de leur maître, et elle était prête à cela. Elle avait envie d'écrire un article qui ferait date.

Prise d'une audace soudaine, Adelaide remonta la bandoulière de son sac sur son épaule et se dirigea d'un pas résolu vers la porte. Mais elle s'arrêta net une fois passé le tourniquet. Car, si l'extérieur du Big Think Corp était une merveille architecturale, l'intérieur était tout simplement époustouflant.

Du mur de verre fumé offrant une vue sur l'extrémité de Collins Street aux épais carreaux de marbre couvrant le sol du hall d'entrée, en passant par les somptueux canapés en cuir, les tables élégantes et les fleurs blanches qui décoraient l'extravagant atrium de trois étages, tout ici était d'inspiration Art déco, un style qu'Adelaide adorait. Le siège de Big Think Corp avait été conçu pour susciter l'émerveillement, et c'était réussi.

Soudain, le téléphone d'Adelaide vibra dans ses écouteurs, la ramenant au présent. Un rapide coup d'œil à l'écran montra un nouveau message sur le chat de la famille Adams.

Jake : Déjeuner de dimanche compromis. Joey a ramené la gastro de la maternelle.

Les visages de ses quatre frères s'affichèrent immédiatement, avec des réponses variées.

Brad : Franchement, il exagère !
Bill : Je préfère que ce soit vous que moi.
Sid : Beurk.

— Madame Adams ?

Adelaide leva les yeux et découvrit une jeune femme d'une vingtaine d'années, dont le poignet était orné d'un tatouage.

— Bonjour ! Oui, c'est moi ! dit-elle en glissant son téléphone et ses écouteurs dans son sac à main.

Elle lui tendit le carton d'invitation officiel fourni par Georgette, sa meilleure amie, qui travaillait pour la nouvelle agence de relations publiques de Big Think et lui avait déniché cette opportunité fantastique, pour laquelle elle lui serait à jamais reconnaissante.

— Je m'appelle Hadley. Bienvenue à Big Think !

Hadley tendit à Adelaide un cordon accroché à la carte de visiteur, avec une photo récente et son nom, correctement orthographié, pour une fois.

— Alors vous allez interviewer Ted ? lança Hadley en lui faisant signe de la suivre tandis qu'elle s'éloignait à vive allure.

— En effet.

Enroulant le cordon autour de son cou, Adelaide accéléra le pas.

— La plupart des journalistes préfèrent avoir affaire à ses deux associés.

Adelaide n'en doutait pas. Les deux associés en question n'étaient autres que Ronan Gerard – le cerveau de l'opération – et l'ex-star du football Sawyer Mahoney, élu Australien de l'année.

— C'est en partie pour cette raison que j'ai tenu à dresser le portrait de M. Fincher, déclara Adelaide.

On ne savait pas grand-chose de lui, hormis qu'il avait connu et connaissait encore un incroyable succès dans le domaine de la recherche médicale. Passionné de sciences, Ted Fincher jouissait d'une fortune considérable, mais, du trio, c'était celui qui lui paraissait le moins intimidant.

— C'est un choix judicieux, affirma Hadley. Je me demande ce que vous penserez de sa tanière.

— Sa tanière ? répéta Adelaide.

Hadley lui adressa un sourire par-dessus son épaule.

— La Batcave, dit Hadley en agitant les doigts comme pour lui faire peur.

Puis, remarquant qu'Adelaide observait le sol, qui n'était plus recouvert de marbre, elle ajouta :

— Saviez-vous que le bâtiment a un bilan carbone négatif ? Le sol, par exemple, est entièrement recyclé. Impressionnant, non ?

— Non. Euh... enfin, oui.

Adelaide leva les yeux vers les coursives qui surplombaient les deux premiers étages de bureaux.

— Fantastique. J'ai l'impression d'avoir fait un bond de trente ans dans le futur.

Cela valut à Adelaide un sourire mystérieux.

— Avant que je ne vous fasse monter, dit Hadley, voudriez-vous faire une visite du bâtiment ? Nous fournissons des écouteurs et une application pour vous permettre d'accéder aux zones concernées.

Adelaide avait très envie d'accepter, mais elle se rappela que tout ou presque figurait sur le site de l'entreprise. Elle recherchait quelque chose de plus authentique. De plus vrai.

Tout en effleurant son badge de visiteur, Adelaide répondit :

— Une autre fois, volontiers. Mais aujourd'hui je ne veux pas faire attendre M. Fincher.

Hadley la détailla de la tête aux pieds, de sa tresse à ses mocassins, en passant par son tailleur quelconque.

— Je vois... J'espère qu'il sera prêt à vous faire des confidences !

Avant qu'Adelaide n'ait le temps de répondre, elles atteignaient les ascenseurs. En désignant son badge, Hadley lui fit signe de le poser sur un petit panneau carré dans le mur, après quoi les portes s'ouvrirent dans un bruit sourd. Adelaide entra dans la cabine.

— Où dois-je aller ?

— Ce n'est pas compliqué. Votre passe ne permet d'accéder qu'à deux étages : la Batcave et le hall d'entrée.

Puis, alors que les portes de l'ascenseur se refermaient, Hadley ajouta :

— Bonne chance.

Adelaide n'eut pas le temps de la remercier : les portes étaient déjà closes. Tandis que l'ascenseur la propulsait vers le ciel, elle tenta d'appliquer les techniques qu'elle avait apprises, adolescente, pour canaliser son attention avant de s'égarer trop loin et trop vite.

Elle perçut un subtil parfum de fleur d'oranger, et sentit un léger tremblement sous ses pieds. Alors qu'elle se préparait mentalement à entrer dans un lieu stérile et rempli de blouses blanches, son téléphone vibra, la tirant de ses réflexions. Mais elle ne pouvait pas penser à ses frères pour l'instant. Ils n'étaient pas encore au courant qu'elle avait quitté son travail pour réaliser son rêve, et elle comptait bien garder le secret, du moins jusqu'à ce qu'elle ait trouvé un logement. La dernière chose dont elle avait besoin, c'était qu'ils soient tous déçus, ou qu'ils s'inquiètent et se demandent ce que leur mère aurait fait dans cette situation.

Au fond d'elle-même, elle espérait qu'ils approuveraient sa démarche et la trouveraient audacieuse. Qu'ils y verraient aussi, peut-être, le signe que malgré les épreuves qu'elle avait traversées Adelaide s'en sortait bien.

Quand elle regarda l'écran pour voir à quel étage elle était arrivée, elle découvrit non pas un numéro mais les initiales « TF ». Soudain, ses espoirs de voir des employés en blouse blanche risquaient fort d'être déçus.

Les portes s'ouvrirent dans un bruit feutré, et le silence qui régnait l'impressionna. Pas de voix, pas de cliquetis de claviers, pas de musique, pas d'employés affairés.

Ensuite, elle prit la mesure de l'espace qui l'entourait. Pour autant qu'elle puisse en juger, Ted Fincher occupait tout l'étage. Dans le hall qui faisait face à l'ascenseur se trouvaient deux canapés en cuir caramel, comme ceux du rez-de-chaussée, des plantes vertes, une table où étaient disposés des blocs-notes et des crayons, ainsi qu'un porte-manteau. Une affiche portant une citation de Carl Sagan occupait presque tout un pan de mur : « Quelque part, quelque chose d'incroyable attend d'être connu. »

— Bonjour ? dit-elle timidement. Monsieur Fincher ?

Pas de réponse. Curieuse, elle passa la tête par-dessus un paravent et découvrit un décor qui tenait à la fois de l'atelier de Léonard de Vinci, du manoir du Dr Strange et, en effet, du repaire de Batman. Puis, en s'avançant, elle vit une bibliothèque avec un coin lecture confortable, et un couloir qui desservait des salles de réunion aux parois de verre et de bois blond.

Près des fenêtres, à l'extrémité du couloir, trônaient trois magnifiques télescopes de différentes tailles. Ils étaient pointés vers le ciel et, au centre de cet espace, un globe de bronze semblable à un lustre était suspendu. La bizarrerie de l'endroit contrastait avec sa parfaite symétrie : chaque cahier était aligné avec chaque crayon, chaque chaise était rangée contre une table, comme si tout avait été placé exactement là où le propriétaire l'avait demandé.

Soudain, un bruit la fit tressaillir.

Elle appela encore.

— Monsieur Fincher ?

Une voix grave et profonde se fit entendre :

— Approchez… Je suis à vous dans une seconde.

Adelaide s'avança avec précaution dans un labyrinthe d'armoires contenant des échantillons tous plus impressionnants les uns que les autres, merveilles géologiques, matériel médical ancien… ainsi qu'une statue grandeur nature de Han Solo emprisonnée dans de la résine.

Elle sursauta lorsqu'elle se retrouva face à un homme en chair et en os, assis à une table à dessin. Peut-être était-ce la simplicité de sa mise, ses lunettes légèrement tordues, sa montre posée bas sur son poignet qui lui donnaient l'air rassurant, presque chaleureux. À moins que ce ne soit sa taille que l'on devinait haute, ses épaules larges, sa barbe hirsute…

On aurait dit la Bête du film de Jean Cocteau, vêtue d'un pantalon de costume et d'une chemise bleu pâle ouverte sur un torse puissant. En ajoutant à cela de longs cheveux auburn, un nez aquilin, des muscles bien dessinés, on obtenait un personnage digne des meilleurs Marvel.

Elle le vit poser le crayon sur la table en prenant soin de l'aligner au bord de son carnet. Puis il remonta de ses doigts robustes ses manches au niveau des coudes et se tourna vers elle avec un sourire accueillant. Ce n'est que lorsque son regard rencontra le sien qu'il s'immobilisa, visiblement tendu.

Nerveuse, Adelaide sentit sa bouche s'assécher. Puis il cligna des yeux, comme au sortir d'un rêve éveillé, et elle lâcha son souffle trop longtemps retenu.

— Ted Fincher ?

Il acquiesça. Puis, d'une voix si grave qu'elle fit courir un frisson dans tout son corps, l'homme ajouta :

— Bonjour.

Adelaide se rappela que ce moment était très important. En effet, c'était sa seule chance de faire bonne impression sur cet homme qui tenait pour ainsi dire son avenir entre ses mains. Elle fit quelques pas dans sa direction et lui tendit la main.

— Enchantée, monsieur Fincher, dit-elle.

Katharine Hepburn aurait été fière d'elle.

L'instant d'avant, le cœur de Ted faisait ce qu'il devait faire : battre cinquante-six fois par minute et pousser le sang chargé d'oxygène vers les tissus de son corps. L'instant d'après, il oublia sa fonction essentielle, comme s'il était soudain bloqué à l'intérieur de sa cage thoracique et répugnait à le maintenir en vie. La seule raison possible de cette aberration était l'apparition qui se tenait devant lui : une femme à la chevelure abondante, aux joues roses, aux yeux vifs, qui semblait déborder d'énergie. Elle se balançait d'un pied sur l'autre, la main tendue, comme si elle attendait… qu'il la lui serre.

Ted remonta ses lunettes sur son nez, se leva et fit un pas dans sa direction. Lorsque sa main toucha la sienne, il reçut une légère impulsion électrique. Pourtant, il tarda à relâcher sa prise, étonné par ces sensations nouvelles.

— Je suis désolé, dit-il. Qui êtes-vous ?

Il remarqua que sa voix était rauque. Depuis combien de temps n'avait-il pas parlé à voix haute à un autre être humain ? Des heures ? Des jours ?

Il leva les yeux vers elle et fut saisi par la beauté de ses grands yeux verts, dont il eut du mal à détacher les siens.

— Je ne me suis pas présentée, n'est-ce pas ? dit-elle. C'est moi qui suis désolée. Je m'appelle Adelaide Adams.

Puis, se souvenant du badge qu'elle portait au cou, elle s'approcha encore d'un pas et le souleva pour qu'il puisse le lire.

Il remarqua quelques mèches blondes qui effleuraient ses joues et des taches de rousseur sur l'arête de son joli nez. Qui était-elle ? Il ne se souvenait pas que son nom ait été associé à l'un de ses projets gardés secrets. Mais il ne s'inquiétait pas vraiment. Il savait que jamais elle ne serait arrivée à cet étage sans passer par Hadley. Il était curieux, cependant.

— Que faisons-nous exactement ensemble ? demanda-t-il.

Elle cligna des yeux.

— Je viens pour réaliser une série d'entretiens avec vous. Vous...

Elle s'arrêta et déglutit avec peine.

— Vous ne saviez pas que je venais aujourd'hui ?

Ted se passa la main sur la nuque.

— Êtes-vous sûre que vous ne voulez pas plutôt voir Sawyer ? Ou Ronan ?

— Non, dit-elle. Je préfère mener ces entretiens avec vous.

— Si seulement ils étaient là pour vous entendre dire cela ! lança-t-il, ironique.

Était-il en train de flirter avec elle ? Cela faisait longtemps qu'il ne s'était pas adonné à cette pratique. Surtout dans le cadre professionnel. Il jeta un coup d'œil en direction du bureau où il venait de se concentrer pendant plusieurs heures, et s'empressa de ranger ses papiers en une pile parfaite.

— Hadley m'a donné ce passe, et...

— Bien sûr. Pardonnez-moi.

Ted regarda autour de lui, trouva un tabouret et le plaça près d'elle. Il se pencha assez pour percevoir une fragrance légère et douce, un peu fruitée. Puis il recula et l'invita à s'asseoir, ce qu'elle fit avec un rapide sourire.

Quand elle posa son sac à ses pieds et y prit son téléphone, une mèche de cheveux blonds tomba sur son front, et elle souffla machinalement pour la chasser. Et, lorsque ses grands yeux verts rencontrèrent à nouveau les siens, il sentit une étrange chaleur parcourir tout son corps...

La température de la pièce était rigoureusement contrôlée, ce qui signifiait que sa réaction devait être due à une décharge d'adrénaline. Dans ces cas-là, il fallait combattre ou fuir, mais il ne voulait faire ni l'un ni l'autre.

Il se ressaisit aussitôt et, s'adossant à son fauteuil, il demanda :

— Et quel est le but de cet entretien, si vous me permettez de vous poser la question ?

Elle posa son téléphone sur le bureau avant de répondre :

— Vous pouvez me poser toutes les questions que vous voulez. Je ne veux pas que cela ressemble à un interrogatoire, mais plutôt... à une conversation. Mon but est de faire votre portrait.

— Une conversation ? répéta-t-il.

— Tout à fait ! L'objectif est de donner aux lecteurs un aperçu de la vie des autres. De montrer ce qui fait le caractère unique d'une personne, mais aussi ce qui la rend semblable aux autres. Dans votre cas, j'aimerais en savoir plus sur votre travail, mais aussi sur l'homme que vous êtes.

Intrigué, il parcourut du regard son visage, son cou, puis s'arrêta un instant sur sa poitrine, avant de remonter rapidement vers ses yeux.

— Dans quel but ? demanda-t-il.

— Dans quel but je souhaite faire votre portrait ? Eh bien... dans un but informatif, essentiellement. Et dans un souci de restituer la vérité.

Elle haussa les épaules.

— Pour y parvenir, conformément au contrat âprement négocié avec vos avocats, nous nous retrouverons à plusieurs reprises au cours des prochaines semaines. Il y aura probablement aussi des appels téléphoniques, des courriels et des points à clarifier au fil du temps. Mais... vous avez l'air dubitatif ?

En effet, il n'aimait pas beaucoup ce genre de rendez-vous. C'est pourquoi c'étaient généralement ses associés qui s'en chargeaient. Il préférait agir plutôt que parler. Comme si elle l'avait senti, elle s'empressa de préciser :

— Je ne suis pas ici pour approfondir un sujet que vous jugeriez trop personnel. Ce qui m'intéresse, c'est l'authenticité, car je trouve que cela se perd beaucoup, ces temps-ci, du moins dans le domaine des médias. Les voies de l'information se rétrécissent alors qu'elles devraient s'ouvrir.

Elle sourit, haussa les épaules, puis le dévisagea longuement avant de reprendre la parole.

— Je comprends qu'il soit plus facile d'écrire sur une star du football ou un capitaine d'industrie que sur vous, souligna-t-elle avec humour, mais ces gens-là m'intéressent moins. Ils sont moins qualifiés que vous, et ne cherchent pas le moyen de guérir des maladies chroniques. Tout cela pour dire que...

Elle cessa de parler, mais sa main continua à s'agiter, comme pour appuyer ses propos. Puis, lorsqu'elle réalisa ce qu'elle venait de dire, elle posa sagement les mains sur ses genoux, attendant sa réaction.

Comme il gardait le silence, elle ajouta :

— Pourquoi ne pas choisir un moment pour notre première vraie discussion ? Un jour de cette semaine, par exemple ?

Elle prit son téléphone et y chercha son agenda, avant de lever vers lui un regard impatient.

— Jeudi ? proposa-t-il, choisissant un jour suffisamment éloigné pour gagner un peu de temps.

— Parfait. À 9 heures ?

Il acquiesça. Il savait qu'il n'avait qu'un mot à dire pour que Ronan le débarrasse de cette corvée. Car le travail passait avant tout, et leur mission était bien trop importante pour qu'ils se laissent distraire. Mais, à l'idée de ne plus jamais revoir Adelaide Adams, il se sentit soudain mal à l'aise.

— Génial ! dit-elle en se levant et en attrapant ses affaires avant de glisser son téléphone dans son sac.

Alors qu'elle se tenait debout devant lui, il eut l'impression que les mèches qui flottaient autour de son visage formaient une auréole, et une étrange émotion s'empara de lui. Il se frotta le menton, étonné d'y sentir une barbe naissante. Depuis combien de temps ne s'était-il pas rasé ?

— Avez-vous encore des questions à me poser avant que je parte ?

Êtes-vous célibataire ?

Quelle est votre couleur préférée ?

Comment prenez-vous votre café ?

D'où tenez-vous toute cette énergie ?

Êtes-vous heureuse ?

Aimeriez-vous dîner avec moi un jour ?

Mais Ted secoua négativement la tête.

— Gardons cela pour jeudi.

Une fois qu'il n'aurait plus son odeur dans les narines. Que le ciel lui vienne en aide, Adelaide Adams sentait le muffin aux myrtilles !

— D'accord, dit-elle avant de tourner les talons.

Elle s'arrêta lorsqu'elle réalisa qu'elle ignorait dans quelle direction partir.

— Je vous accompagne jusqu'à l'ascenseur.

— Vous avez peur que je vole quelque chose ?

Elle jeta un coup d'œil malicieux par-dessus son épaule, comme pour vérifier qu'il la suivait toujours.

— J'ai peur que vous vous perdiez. On dit que cet endroit était un vrai labyrinthe.

— Je l'aime bien, dit-elle. On découvre quelque chose de nouveau à chaque pas.

Elle se retourna et brandit son téléphone.

— Cela vous dérange si je prends vos coordonnées ? Vos avocats ne donnent pas facilement votre numéro de téléphone, l'adresse de votre domicile, le nom de jeune fille de votre mère...

Ses doigts effleurèrent les siens lorsqu'elle fit glisser son téléphone dans sa main. Une fois encore, il sentit ce léger picotement, cette étincelle à son contact. Il entra son numéro de portable et son adresse mail privée, au cas où. Elle le remercia en souriant lorsqu'il lui rendit son téléphone, avant de taper un message rapide.

Il sentit son appareil vibrer dans sa poche.

— Maintenant, vous avez mon numéro. Si vous avez besoin d'entrer en contact…

Il se sentit rougir quand leurs regards s'accrochèrent un peu plus longtemps que la politesse ne l'exigeait, puis elle cligna des yeux et tourna la tête. Ils firent le reste du chemin en silence. Une fois devant l'ascenseur, elle se pencha pour poser son badge le clavier du détecteur.

— J'ai vraiment hâte d'en savoir davantage à votre sujet, monsieur Fincher. Vous ne regretterez pas d'avoir accepté mon offre, je vous le promets.

Elle écarquilla les yeux et prit une profonde inspiration, comme pour le mettre au défi de la contredire.

— À jeudi, alors, dit-il simplement.

Adelaide lui serra la main, puis les portes de l'ascenseur s'ouvrirent et elle recula d'un bond, comme si elle avait été surprise en train de faire quelque chose de répréhensible.

Une fois seul, Ted retourna à son bureau, rangea à la hâte ses cahiers et ses crayons, puis sortit son téléphone pour appeler l'un de ses collaborateurs. C'est alors qu'il vit un message d'Adelaide :

Vivement jeudi ! Et ne vous inquiétez pas, si quelqu'un sait mener un entretien, c'est bien moi. Tout ce que vous avez à faire, c'est vous présenter au rendez-vous.

Il fit disparaître le message, commanda un poulet vapeur avec des légumes chez le traiteur chinois, puis se laissa tomber sur le sol et fit autant de pompes que son corps le lui permettait, dans l'espoir de retrouver un semblant de calme.

2

— Tout le monde est prêt ? demanda Ronan en faisant irruption dans la salle de réunion privée des fondateurs de Big Think, qui tenait moins de la salle de conférences que du petit foyer de l'université où Ted, Ronan et Sawyer s'étaient rencontrés.

Il se dirigea droit vers sa chaise.

— Tout à fait prêt ! déclara Ted en attrapant un sushi sur le plateau que Hadley avait commandé, avant d'aller s'installer à son tour à sa place habituelle.

Ce fauteuil appartenait à son père. Il l'avait récupéré après la mort soudaine de celui-ci, et il l'accompagnait depuis lors. C'était une pierre de touche, un rappel de la mission qu'il s'était fixée dans la vie.

— Prête ! lança Hadley, debout sur le seuil de la porte.

Si Sawyer avait été présent, il aurait pris une chaise et s'y serait assis à l'envers, les coudes appuyés sur le dossier.

Ronan agita la main en direction de Hadley.

— Que vouliez-vous me dire, Hadley ?

— Que Ted avait reçu une femme dans sa tanière.

Ted tressaillit si fort qu'il faillit se froisser un muscle du cou.

— Quelle femme ? demanda Ronan.

— Une jolie blonde, précisa Ted.

Une blonde élancée, aux joues roses, qui avait l'habitude de se mordiller la lèvre inférieure.

Il avait beaucoup pensé à elle, dans les jours qui avaient suivi, et cela l'avait distrait. Mais il avait bien l'intention de remédier à cette situation une fois cette réunion terminée.

— Elle s'appelle Adelaide Adams, ajouta-t-il alors que les autres l'interrogeaient du regard. Et elle est journaliste.

Puis, comme pour dissiper un malentendu, il dit encore :

— Si c'est à elle qu'on faisait référence...

Ronan se tourna vers Hadley.

— Vous avez laissé une journaliste s'approcher de Ted ?

— C'est vous qui avez insisté pour que nous améliorions notre image publique, car nos relations avec la presse commençaient à se dégrader. Vous avez déclaré vouloir montrer une facette plus humaine, plus vertueuse, de cette entreprise.

— Cela ne me ressemble pas du tout, pourtant ! lança Ronan, un brin cynique.

— Quoi qu'il en soit, dit Hadley, les responsables des relations publiques ont été performants, même s'ils ont fait preuve d'un zèle excessif. J'ai passé au crible les centaines de demandes d'interview que j'ai reçues et en ai sélectionné quelques douzaines.

Ted hocha légèrement la tête en guise de remerciement.

— J'en ai reçu presque autant pour Sawyer, mais Mme Adams voulait rencontrer Ted. Alors je me suis renseignée sur elle. Université de Melbourne. Elle a obtenu son diplôme tout en travaillant à temps partiel pour un petit journal en ligne assez influent. Mais c'est son activité secondaire que j'ai le plus appréciée : elle écrit aussi pour des journaux locaux. Elle est ouverte d'esprit, perspicace, intelligente et dotée d'un humour pince-sans-rire. C'est un bon choix pour Ted.

Hadley adressa à son patron un sourire entendu, et il n'en fallut pas plus pour qu'il soit aussitôt sur ses gardes. Il y avait 85 % de chances qu'il mette un terme à tout cela, si Ronan ne lui opposait pas son veto immédiatement. C'est alors que celui-ci déclara :

— Les temps sont durs, et les affaires ne sont pas au mieux de leur forme. Un petit coup de pouce ne nous ferait pas de mal. Qu'en dis-tu, Ted ?

Ted était convaincu que son associé l'approuverait s'il exprimait son souhait de renoncer à cette interview, mais Ronan avait raison. Bien que leur capital de départ ait été important, et leurs récents progrès, considérables, les projets que Ted était déterminé à mener à bien – guérir toutes les formes de cancer, et bien d'autres maladies – nécessitaient toujours plus de fonds.

— Je ferai ce que tu voudras, se surprit-il à dire. Je veillerai à ce que cela ne nuise pas à mon travail.

Hadley s'approcha de lui et lui souffla :

— Laissez-la faire son travail, Ted. Cela pourrait vous faire du bien de vous confier à cette femme.

Ronan ne put retenir un rire moqueur.

— C'est difficile à imaginer, mais notre Ted avait du succès, il fut un temps. Toutes les filles du campus lui tournaient autour avec des étincelles dans les yeux.

Hadley posa sur Ted un regard étonné.

— C'est vrai ?

Ted décida de l'ignorer et haussa les épaules. Il avait toujours réussi à concilier travail, études, famille et vie sentimentale, jusqu'à ce qu'il prenne une année sabbatique et que tout son univers bascule. Ses priorités avaient alors changé si radicalement qu'il avait cessé de penser à faire des conquêtes.

— À bien y réfléchir, dit Hadley, je me fais souvent aborder par des femmes prêtes à tout pour être assises à la table de Ted lors de galas de charité organisés par Big Think. Si j'avais su que vous étiez d'accord, Ted, je serais déjà riche, à l'heure qu'il est !

Hadley jeta un coup d'œil à Ronan, et sourit en le voyant résister à l'envie de lui demander combien de femmes avaient posé la même question à son sujet. Puis Ronan fit un signe de la main, mettant fin à la conversation, avant de passer au sujet du jour : la gestion de leur entreprise.

Maintenant qu'il savait que ses rendez-vous avec Adelaide seraient maintenus, Ted devait réfléchir à la façon de gérer la situation. Et d'expliquer la soudaine euphorie qui s'emparait de lui à l'idée de revoir cette jeune femme qui l'attirait comme un aimant. Il était célibataire, en ce moment, et cela, depuis un certain temps. Ses relations s'étiolaient rapidement, car il n'avait pas de temps à y consacrer. Une de ses ex avait déclaré qu'il lui accordait moins d'attention qu'aux bactéries qu'il observait sous son microscope...

Il ignorait si Adelaide avait quelqu'un dans sa vie, mais il n'osait pas poser la question à Hadley, de crainte de se trahir. Si cela était le cas, cela ferait-il disparaître l'attirance qu'il éprouvait pour elle ? Il en doutait, mais restait convaincu qu'il devait à tout prix reprendre le contrôle de la situation.

— Autre chose ? demanda Hadley.

— Non. Merci, Hadley, répondit Ronan.

— Je vous en prie…

Elle lui adressa un sourire radieux avant de quitter la pièce, suivie de près par Ted.

Alors qu'il se dirigeait vers son ascenseur privé, Ted sortit son téléphone et ouvrit un moteur de recherche sécurisé et bien documenté dans lequel ils avaient tous les trois investi à l'époque où ils étaient encore étudiants, et dont l'énorme succès les avait aidés à gagner leur premier million. Il tapa « L'Attirance des contraires » dans la fenêtre. Avant de retrouver Adelaide, Ted avait l'intention d'en savoir plus sur l'étrange fièvre qui s'était emparée de lui. Il était temps de se plonger dans les livres.

Adelaide remonta Collins Street, dont les belles maisons de style gothique scintillaient sous la pluie, un air de jazz dans ses écouteurs. Elle adorait ce quartier de Melbourne. Grace Kelly s'y serait sentie à l'aise, et se serait volontiers arrêtée pour admirer les vitrines des créateurs de mode. En fait, elle avait pensé à Grace lorsqu'elle avait piqué une fleur de velours noir dans son épaisse tresse et passé un chemisier plissé sans col sur une jupe en crêpe noir à volants.

Elle avait envoyé son pitch révisé à plusieurs rédacteurs, publications et sites web. Il ne lui restait plus qu'à attendre que la guerre des enchères s'engage pour vendre son travail au plus offrant. Elle devait encore interviewer Ted Fincher à plusieurs reprises, puis rédiger son article et continuer à travailler en parallèle pour pouvoir payer son loyer. Mais au moins elle ne resterait pas assise à son bureau, à boire du café en essayant de trouver un nouvel angle pour parler d'articles tendance ou du dernier titre de K-pop.

Soudain, son téléphone bipa. C'était le groupe de discussion de la famille Adams.

Jake : Le déjeuner du dimanche est maintenu. Fausse alerte.
Sid : Je ne peux pas, je travaille, j'ai un nouveau boulot.
Brad : Félicitations !
Jake : Bon travail, mon pote. Adelaide, apporte des ailes de poulet STP.

Les yeux rivés sur son écran, Adelaide envisagea de copier-coller le message de Sid : « Je ne peux pas, je travaille, j'ai un nouveau boulot. » Ce serait la vérité, après tout. Mais, alors que Sid avait reçu des félicitations, elle n'aurait droit qu'à une avalanche de questions. Ses frères s'inquiéteraient pour elle, comme d'habitude. Elle attendrait d'être sûre pour leur annoncer la bonne nouvelle. En attendant, il fallait continuer d'y croire !

Lorsque Adelaide arriva au café, elle vérifia rapidement que Ted ne l'avait pas devancée. Si elle avait appris à gérer relativement bien la plupart de ses autres symptômes, son rapport au temps restait compliqué. Ne le voyant pas, elle retira ses écouteurs et les glissa dans leur étui. Elle sursauta lorsqu'elle entendit une voix grave et familière derrière elle :

— Adelaide Adams...

Elle se retourna si vivement qu'elle faillit perdre l'équilibre, et s'agrippa à ce qui lui tomba sous la main, à savoir la chemise de Ted, dont un bouton jaillit devant son nez.

Tandis qu'il la serrait dans ses bras puissants, elle remarqua qu'il s'était rasé de près, et ne put qu'admirer les lignes de sa mâchoire virile.

S'éloignant de sa bouche tentatrice, elle remarqua que

ses lunettes étaient différentes de celles de la dernière fois, bien que toujours un peu tordues. Non, ce n'étaient pas ses lunettes mais son nez. Il était légèrement bosselé, comme s'il avait été cassé. Cependant, au lieu de gâcher l'harmonie de ses traits, il leur donnait encore plus de caractère.

Sur sa taille, la main de Ted se resserra un peu plus, et la chaleur de ses doigts, à travers le tissu de son chemisier, fit naître en elle un délicieux frisson. Instinctivement, elle se hissa sur la pointe des pieds.

— Oups ! Désolée...

— Est-ce que ça va ?

— Oui, merci.

Quand il leva une main pour couvrir la sienne, elle se rendit compte qu'elle jouait machinalement avec le tissu de sa chemise. Mortifiée, elle recula, se dégageant de son étreinte.

— On va s'asseoir ? demanda-t-elle d'une voix un peu voilée.

Il acquiesça et tendit la main pour l'inviter à le précéder. Elle sentait son regard brûlant dans son dos tandis qu'elle s'avançait jusqu'à un box et se glissait sur la banquette. Un instant, Ted fixa l'espace restreint, comme s'il craignait d'être trop grand pour y prendre place.

Il parvint tant bien que mal à se lover entre la table et la banquette, et eut un sourire d'excuse lorsque ses jambes touchèrent les siennes.

— Qu'est-ce que je vous sers ?

Adelaide aurait pu embrasser la serveuse au visage amical qui venait de surgir à côté d'eux, dissipant le trouble qui s'était emparée d'elle. Elle commanda un café fort et une part de tarte aux pommes et à la rhubarbe. Ted, lui, opta pour un jus de fruit fraîchement pressé et une omelette.

— Vous êtes sûr ? demanda Adelaide. Leurs gâteaux sont délicieux.

— J'ai vraiment envie d'un plat salé, dit-il.

La serveuse se retira, et de nouveau ils se retrouvèrent seuls. Il y avait de l'électricité dans l'air quand il lança :

— Commençons !

Adelaide trouva son téléphone au fond de son sac, et s'assura que Ted était prêt avant d'ouvrir l'application qui enregistrerait leur discussion. Puis elle attrapa quelques crayons et le carnet dans lequel elle avait noté ses questions. Quelques post-it tombèrent sur la table et elle les colla au dos du carnet.

Une fois qu'elle eut tout à portée de main, elle leva les yeux et découvrit Ted, le menton appuyé sur sa paume, en train de l'observer. Quand ses yeux rencontrèrent les siens, elle dit en haussant légèrement les épaules :

— C'est un bazar organisé.

— C'est le bazar tout court ! répliqua-t-il du tac au tac.

Il avait l'air plus amusé que contrarié, mais Adelaide sentit le malaise l'envahir, comme de mauvais souvenirs refaisaient surface.

« Tu es encore en retard. »

« Tu ne peux pas rester tranquille ? »

« On t'a déjà dit que tu manquais cruellement de tact ? C'est terrible ! »

Mais le regard de Ted était curieux, bienveillant. Il ne pouvait pas savoir qu'il avait touché un point sensible.

Elle décida d'ironiser.

— Pourtant, pour moi, cela fonctionne. C'est ce qui compte, n'est-ce pas ?

Il réfléchit un instant, puis hocha la tête.

— En effet.

— J'aimerais vous poser une question préalable : y a-t-il un sujet que vous préférez ne pas aborder ?

— Non.

Mais un muscle de sa mâchoire tressaillit, et Adelaide se promit d'avancer prudemment jusqu'à ce qu'elle trouve son point sensible.

— Et si j'étais... une espionne ? Comme Ingrid Bergman dans *Les Enchaînés* ?

— Elle ne faisait pas d'espionnage industriel, si je me souviens bien.

Adelaide secoua la tête.

— Je n'arrive pas à croire que vous venez de me reprendre sur un film d'époque. C'est comme si je vous corrigeais sur... la formule chimique du butane.

— C_4H_{10}, dit-il, un sourire dans les yeux.

— Et si vous me disiez votre mot de passe, au cas où ?

— Mon mot de passe ? répéta-t-il sans comprendre.

— Une espèce de code pour me signifier que je vais trop loin, expliqua-t-elle en rougissant légèrement.

Si seulement il détournait le regard, elle pourrait cesser de bafouiller ! Mais ses yeux bruns perspicaces faisaient galoper son pouls, l'empêchant de se concentrer.

— Adelaide ?

— Mmmh ?

Elle revint à la réalité et constata qu'elle était penchée en avant et tapotait sur la table avec son crayon.

Il prit une profonde inspiration, puis il dit :

— Muffin.

— Vous voulez un muffin ?

Comme il faisait non de la tête, elle comprit.

— Notre mot de passe est « muffin » ?

Elle nota ce mot dans son cahier, et l'entoura deux fois.

— Un type de muffin en particulier ?

Elle leva les yeux, puis son regard se posa sur sa bouche et il souffla :

— À la myrtille.

Elle sourit.

— Très bien. Commençons par une question facile. Comment vous, Sawyer et Ronan vous êtes-vous rencontrés ?

Ted se pencha en arrière et croisa les bras sur son imposant torse.

— Sur les bancs de l'université.

Adelaide hocha la tête, l'encourageant à continuer. Comme il gardait le silence, elle reprit :

— Suiviez-vous les mêmes cours ?

— Non.

— Étiez-vous dans le même dortoir ?

— Non.

Elle posa son stylo, puis tenta un nouvel angle d'approche.

— Qu'avez-vous étudié à l'université ?

— Tout.

Tout à coup, Adelaide se rappela qu'elle était une journaliste expérimentée. C'était à elle de prendre les choses en main.

— Ted... Cela peut vous sembler contradictoire, mais tout sera plus rapide si vous évitez de répondre par monosyllabes.

Il se redressa, et son pied toucha le sien sous la table.

Tout à coup, la serveuse apparut et se pencha pour déposer leurs plats sur la table.

— Bon appétit !

Sans tarder, Ted goûta son omelette, et demanda entre deux bouchées :

— Et vous ?

— Moi ?

— Où avez-vous fait vos études ?

— Il ne s'agit pas de moi, déclara Adelaide. Première règle du journalisme : rester à l'écart. Si vous me parliez plutôt d'un projet que vous supervisez ?

— Lequel ?

— Choisissez-en un qui vous tient à cœur, répondit-elle.

— Je n'ai pas l'habitude de parler de mon travail, Adelaide, sauf avec mes plus proches collaborateurs. Sawyer est un bon vendeur, Ronan, un fin négociateur. Quant à moi, je...

Il s'interrompit.

— Oui ?

— Je fais mon travail.

— Parlez-moi de votre travail, et ce que vous aimeriez que le public sache de vos activités. Aidez-moi à vous aider...

Il fixa la table pendant un moment, puis, avec un signe de tête, il dit :

— D'accord. Quand vous êtes venue me voir à mon bureau, l'autre jour, je travaillais sur quelque chose que nous avons appelé le projet Noé.

Adelaide se retint de prendre des notes, de crainte de l'effrayer. Quand il commença à parler du projet de puits d'eau potable sur lequel il travaillait depuis une bonne dizaine d'années, elle trouva son récit très intéressant. Il n'hésita pas une seule fois, donnant force détails passionnants.

— Je choisis des projets qui ont un sens pour moi, ajouta-t-il après avoir marqué une pause. Cela peut sembler égoïste, mais nous sommes très sollicités, et soumis à une obligation de résultat. Mieux vaut donc choisir des projets qui nous tiennent à cœur. Je laisse à d'autres le soin de régler les formalités administratives, car ce qui compte, c'est le travail de terrain, qu'il s'agisse de vaccins, d'eau potable ou d'éradication des maladies.

Adelaide cligna des yeux, réalisant soudain qu'elle l'avait écouté sans l'interrompre, passionnée par son récit. Elle avait regardé ses grandes mains élégantes s'agiter tandis qu'il s'animait de plus en plus.

— Quelle est votre mission ? demanda-t-elle sans préambule.

Il répondit sans hésitation, ni la moindre ironie :

— Sauver le monde.

— Excellent ! dit-elle en essayant de dissimuler l'émotion soudaine qui lui serrait le cœur. Vous voyez, vous êtes doué pour cela. Vous aviez juste besoin d'un petit coup de pouce.

Il la regarda comme s'il croyait qu'elle se moquait de lui.

— Savez-vous ce que je préfère dans mon travail ? ajouta Adelaide.

— Le papier ? dit-il en parcourant des yeux les carnets, les fiches et les notes qui couvraient maintenant la moitié de la table.

— Non, répondit-elle avec sérieux. Ce sont les gens. Des gens qui ont de grands rêves et de belles histoires à raconter. Des personnes qui me surprennent, et qui surprennent les lecteurs en montrant que chacun a une mission sur cette terre. Quelque chose à offrir, à enseigner. Même si cette personne semble très différente d'eux. Et surtout si elle semble... Comment dire ?

— Un peu bizarre, dit Ted.

Adelaide leva les yeux, ravie.

— Parfait ! dit-elle en refermant son carnet.

— Nous avons terminé ?

— Pour aujourd'hui. Je ne veux pas vous épuiser.

— Ai-je l'air fatigué ?

De nouveau, il croisa les bras sur sa large poitrine et enroula ses longs doigts sur ses biceps. Mais cette fois ce n'était pas pour se protéger. Car l'homme souriait, le regard brillant de curiosité.

— Je vous avais réservé une heure, or cela fait plus de deux heures que nous discutons.

Surpris, Ted consulta sa montre, et ne put que constater qu'elle avait raison.

— On y va ?

Il acquiesça, et rangea avec soin son couteau et sa fourchette.

La serveuse revint et se mit à flirter avec Ted, laissant à Adelaide le temps de rassembler ses affaires et de ramasser un crayon qu'elle avait fait tomber. Comme elle se penchait sous la table, balayant le sol de son pied, sa jambe frôla celle de Ted. Elle se figea, en équilibre précaire sur le bord de sa chaise, tandis que Ted continuait de bavarder avec la serveuse, qui, nonchalamment appuyée à la table, parlait de la naissance de sa nièce, une adorable fillette...

Soudain, elle sentit ses yeux sombres se poser sur elle. Sa bouche s'ouvrit en un sourire.

— Tout va bien ?

— J'essaye de ramasser le crayon que j'ai fait tomber tout à l'heure.

Le plus naturellement du monde, Ted se baissa et ramassa le crayon.

— Il est à vous ?

— Oui ! dit-elle en rougissant. Merci.

Elle le lui arracha presque de la main, remonta la bandoulière de son sac sur son épaule, passa les doigts dans ses cheveux en désordre et se glissa hors du box.

— Passez une bonne journée ! lança la serveuse

Les nerfs à vif, Adelaide sortit du café, suivie de près par Ted, qui allongea le bras pour lui tenir la porte. Devant, sous le porche, la pluie avait cessé, mais l'air était lourd, et Adelaide serra instinctivement les sacs contre elle. Comme un bouclier.

— Vous êtes garée là ?

Il jeta un coup d'œil vers la grande avenue, dans la direction opposée à Big Think.

— Je vous raccompagne à votre voiture...

— Je n'ai pas de voiture, répondit-elle. Je ne conduis pas. Je vais prendre le tramway, puis le train. Je vous ai empêché assez longtemps de sauver le monde pour aujourd'hui !

Le regard de Ted s'assombrit, de manière trop fugace pour qu'elle puisse en deviner la raison. Mais il hocha la tête.

— Je vous enverrai un message pour fixer la date de notre prochaine discussion. D'accord ?

Comme elle s'éloignait de lui, il la salua d'un signe de la main.

— Mais je vous avertis, lança-t-elle d'un ton léger, je ne serai pas aussi tendre avec vous la prochaine fois !

Ted posa la main sur son cœur avec une mimique

faussement accablée, avant de la lever pour la placer en visière, car le soleil venait de faire son apparition.

Il resta longtemps là, sous l'auvent en vichy rouge. Elle était prête à parier que, si elle jetait un coup d'œil par-dessus son épaule, elle le verrait l'observer. Il lui fallut faire un immense effort de volonté pour ne pas se retourner.

Ted resta longtemps à l'ombre de l'auvent après qu'Adelaide se fut éloignée, puis laissa échapper un juron. Le temps qu'il avait consacré à faire des recherches sur le coup de foudre, sur l'alchimie amoureuse ne l'avait manifestement pas aidé à gérer l'entretien d'aujourd'hui. Il avait même prononcé le mot « muffin » devant elle ! Son odeur, lorsqu'il l'avait serrée dans ses bras, à l'entrée du café, le poursuivait encore... Cette fragrance de baies sucrées l'avait troublé tout au long de leur entretien. Pourtant, il ne pouvait pas se permettre d'avoir l'esprit embrouillé. Sa constance, sa concentration, son dévouement irréprochable à la cause étaient ses plus grands atouts. Cela lui donnait un avantage sur tous les autres scientifiques qui, comme lui, essayaient d'obtenir les mêmes fonds, les mêmes laboratoires sophistiqués, le même espace médiatique...

Il porta la main à la montre de son défunt père, qu'il replaça bien à plat sur son poignet, se rappelant pourquoi il en était ainsi. Il savait qu'il n'était pas le seul à essayer de guérir le cancer. Ou les maladies auto-immunes. Ou la maladie d'Alzheimer. Et à permettre aux communautés les moins favorisées d'accéder à de meilleurs soins de santé. Mais, s'il n'utilisait pas tous les atouts à sa disposition et que quelqu'un de sa connaissance tombait malade sans qu'il puisse l'aider, alors ce serait sa faute ! Et il se sentirait coupable pour le reste de sa vie, songea-t-il en regardant s'éloigner Adelaide, fascinée par sa jolie silhouette et ses cheveux qui dansaient sur ses épaules...

— Ça suffit ! dit-il, en tournant les talons au moment même où Adelaide jetait un coup d'œil en arrière.

Elle lui adressa un ultime salut et, de nouveau, il lui sourit. Heureusement que ni Sawyer, ni Ronan, ni Hadley n'étaient là pour le voir !

Quelque peu rassuré, il tourna les talons et se dirigea vers la colline, emplissant ses poumons de l'odeur d'asphalte mouillée et de diesel. Faire appel à la science n'avait pas fonctionné. Alors quelle était la prochaine étape ? Le cloisonnement. Il était doué pour compartimenter ses activités, ce qui lui permettait de gérer parallèlement des projets très différents les uns des autres. Mais à quelle catégorie appartenait Adelaide ? Ils n'étaient pas collègues, même s'ils étaient liés par son travail. Ils n'étaient pas vraiment amis, même s'ils se voyaient dans le but principal d'apprendre à se connaître. En tout cas, c'était son but, à lui. Il pouvait, bien sûr, renoncer à « classer » la jeune femme et refouler ses sentiments. S'il avait besoin de se défaire de l'engagement qu'il avait pris envers elle, Ronan s'en chargerait. Ronan ferait n'importe quoi pour aider Ted à accomplir leur noble mission : respecter le pacte qu'ils avaient scellé tous les trois, avec Sawyer.

Mais il ne pouvait pas faire ça à Adelaide, songea-t-il. Cette série d'entretiens était manifestement très importante pour elle, et y mettre fin pourrait lui nuire. Or il n'avait pas envie de lui faire du mal.

Non, il fallait s'en tenir au cloisonnement habituel. Sa décision prise, il traversa la route et regagna d'un pas résolu la tour rutilante qui abritait son empire.

3

Adelaide était en retard. Ted regarda d'un air las les courriels qui se succédaient dans sa boîte de réception. Au cours de la dernière heure, un petit incendie s'était déclaré dans le laboratoire de Nice, qui serait désormais fermé jusqu'à ce que l'assurance évalue les dégâts. Dans le laboratoire de Phoenix, le personnel avait débrayé en raison d'un triangle amoureux entre le chef de projet, une assistante de laboratoire et un chauffeur-livreur.

Ted regretta de ne pas avoir passé sa jeunesse à travailler sur le clonage ou le voyage dans le temps, afin de pouvoir être partout, à tout moment. Car, tout à coup, il avait l'impression d'être le seul à prendre son travail au sérieux !

Ted vérifiait l'heure sur la montre de son père lorsqu'un autre courriel apparut :

Adelaide Adams est là. Je vous l'envoie maintenant.

Ted se leva d'un bond, si vite qu'il faillit faire basculer son fauteuil en arrière. Il était temps de passer se mettre en condition pour l'entretien. Le moment de « cloisonner » était venu ! Délaissant son écran, il marcha jusqu'à l'ascenseur et appuya sur le bouton du cinquième étage. Il avait proposé Big Think comme lieu de leur prochain entretien. Il avait ensuite demandé à Hadley de trouver un bureau libre dans le bâtiment. Vide et impersonnel. Muni d'une grande table de réunion, aussi, pour éviter tout contact physique, même accidentel. Une fontaine à eau, une machine à café et des en-cas – il n'était pas un monstre, tout de même !

Une fois dans l'ascenseur, il étira ses épaules, et fit quelques squats pour stimuler le flux d'oxygène vers son cerveau. Comme un boxeur qui s'apprête à monter sur le ring. À ceci près qu'il s'agissait ici d'un combat contre lui-même. Lorsque la porte de l'ascenseur s'ouvrit, il était sur le point de lui reprocher son retard, mais il se tut dès qu'il la vit. Sa tenue du jour se composait d'un pantalon de laine à taille haute et d'un chemisier à volants sans manches qui révélait ses bras minces et musclés. Ses cheveux blonds étaient rassemblés en un chignon lâche, sur sa nuque.

— Bonjour ! lança-t-il avec un sourire.

Elle se retourna et, s'il fit mine de ne pas remarquer qu'elle aussi était un peu essoufflée, les joues roses et les yeux brillants, c'était par égard pour elle.

— Vous êtes...

Ted s'interrompit, réalisant qu'il était peut-être un peu déplacé de lui faire un compliment.

— ... stressée ?

Adelaide se passa machinalement la main sur le visage.

— Désolée pour mon retard. J'ai été appelée à la dernière minute pour garder mes neveux afin que ma belle-sœur, Betty, puisse se rendre à un rendez-vous chez le médecin. Je les adore, mais... ils sont usants ! Vous en avez, vous ?

— Quoi ? Des rendez-vous chez le médecin ?

Elle sourit.

— Non, des neveux. Les miens sont jumeaux.

Il secoua la tête, comme pour saluer son énergie.

— J'en ai une douzaine. Des nièces et des neveux. Inutile de dire que je suis très demandé, comme baby-sitter !

Elle se tourna vers le couloir vide.

— Sommes-nous au bon endroit ? demanda-t-elle, perplexe.

Ted hocha la tête.

— Il s'agit d'un espace actuellement inutilisé. Nous avons conçu le bâtiment en pensant à l'avenir, et avons réservé ces bureaux en vue d'une expansion future. Nous avons plusieurs étages que nous prêtons gracieusement à de jeunes entrepreneurs innovants, afin qu'ils puissent consacrer tout leur temps, leur énergie et leur argent à leur travail.

Il s'arrêta devant une porte ouverte.

— C'est ici, dit-il.

À l'intérieur, il y avait du café, des en-cas et de l'eau, comme il l'avait demandé. Il y avait aussi ses cahiers et ses crayons préférés, bien alignés. Adelaide le remarqua et lui sourit avant d'entrer et de choisir une chaise. Ted opta pour celle qui lui faisait face, de l'autre côté du large bureau, sortit son téléphone et le mit en mode silencieux. Adelaide, quant à elle, vida son cabas, empilant cahiers et fiches colorées. Il avait l'impression qu'elle jetait tout cela au hasard, mais elle leva vers lui un regard satisfait.

— Je sais que ça fait désordre, dit-elle, mais c'est...

— Un code couleur ?

— Oui, c'est ça.

— Ronan travaille de la même manière. Sawyer lui a acheté un paquet de surligneurs pour son dernier anniversaire.

Cela semble un peu ridicule, pour un cadeau, mais il s'en sert beaucoup.

Adelaide sourit, avant de prendre une profonde inspiration.

— On commence ? Au fait, votre prénom, Ted, c'est le diminutif de Théodore ?

Il hocha la tête.

— Oui. Mon nom complet est Theodore Grosvenor Fincher.

— D'accord, répondit-elle en souriant avant d'écrire son nom en gros caractères au milieu d'une page et de dessiner une grande étoile autour.

Elle se tapota la lèvre avec son crayon.

— Je peux vous appeler Teddy ?

— Oui, mais ne vous attendez pas à ce que je vous réponde, dans ce cas !

Lorsqu'il se surprit à fixer la bouche de la jeune femme, Ted se leva de sa chaise et se dirigea vers la machine à café.

— Et vous ? demanda-t-il en se préparant un expresso. On vous appelle Addy, parfois ?

— Souvent, répondit-elle dans un soupir avant de faire rouler le crayon entre ses lèvres. J'ai eu de nombreux surnoms au cours de ma vie. Mes quatre frères aînés y ont veillé.

— Vous avez quatre frères ?

— Eh oui ! Quoi que vous puissiez inventer, ils l'ont déjà fait !

— Si vous me révélez tous vos petits noms, je vous révélerai les miens. Promis !

Ses yeux se plissèrent tandis qu'elle réfléchissait. Puis, sa curiosité prenant le dessus, elle dit :

— Biscuit. Blondie. Diablesse. J'étais assez intrépide

quand j'étais enfant. On m'appelait parfois aussi Toc-toc, comme les histoires drôles... Et vous ?

— Chrysler, déclara-t-il, comme les grosses voitures. Je mesurais un mètre quatre-vingt-dix à l'âge de douze ans. Quand j'ai commencé à porter des lunettes, on m'a surnommé Kent.

— Comme dans... *Loïs et Clark* ?

— Oui, c'est ça !

Son regard se posa sur lui et, en la voyant mordiller sa lèvre inférieure avec un léger soupir, il se dit qu'elle était fan de Superman. Puis elle fronça les sourcils, attrapa son crayon et commença à gribouiller sur son cahier.

— Vous voulez un café ? demanda-t-il.

Elle acquiesça, et il posa une tasse devant elle avant de se rasseoir.

— Je vous suggère de continuer sur ce ton un peu léger aujourd'hui. Nous garderons la partie sérieuse de cette interview pour plus tard, quand nous nous connaîtrons mieux.

Ted grimaça.

— Je ne suis pas sûr que...

— Vous vous en sortirez très bien. Imaginez le genre d'histoires qu'on entend toujours à la fin des journaux télévisés.

— Par exemple ?

— Eh bien... Avez-vous déjà sauvé un chien perdu en mer ?

— Pas que je me souvienne.

— Dommage. Que diriez-vous d'une petite vieille dame victime d'un incendie ? Non ? Un chat dans un arbre ?

— Vous savez, je ne sors guère de ma tanière, alors je n'ai pas souvent l'occasion de porter secours à mon prochain.

— Dans ce cas, racontez-moi une anecdote amusante qui s'est déroulée dans votre laboratoire. Avez-vous accidentellement percé le continuum espace-temps ? Ou croisé génétiquement un poulet et une chèvre ?

Il leva la main.

— Attention ! Ce sont des informations strictement confidentielles…

Elle éclata d'un rire franc, un peu rauque, qui fit courir des frissons dans son dos. Comme quand elle avait touché sa chemise, la première fois qu'il l'avait vue…

— Des chèvres cachées dans un laboratoire secret, peut-être ?

Ted secoua la tête.

— Hélas, non. Nous ne faisons pas de clonage.

— C'est décevant, dit-elle. Et…

Elle s'interrompit, et il vit son regard s'assombrir. Elle baissa les yeux vers son carnet, où elle se mit à dessiner de petites vagues.

Il l'encouragea.

— Et quoi ?

— Dans un tout autre domaine, j'allais vous demander si… vous voyiez quelqu'un.

Ses yeux trop brillants fuyaient les siens. Elle essayait désespérément de cacher sa curiosité, mais elle mourait d'envie de connaître la réponse, c'était évident. Et, s'il n'était toujours pas sûr qu'il partageait ses sentiments, le doute se dissipait peu à peu…

— Ce n'est pas le cas, répondit-il franchement. Et vous ?

— Il ne s'agit pas de moi, répondit-elle du tac au tac.

Ted se pencha en avant et posa les avant-bras sur la table.

— Adelaide…

Le rouge lui monta aux joues, mais elle soutint son regard.

— Non. Je ne vois personne, en ce moment.

— Bien.

Il marqua une pause, puis ajouta :

— Ce n'était pas si difficile, n'est-ce pas ?

Elle recommença à tapoter la table avec son crayon.

— Ne vous croyez pas tiré d'affaire, dit-elle. Nous n'en avons pas terminé avec vos jeunes années. Que vouliez-vous faire comme métier, quand vous étiez enfant ?

— Je voulais devenir scientifique.

— Donc vous avez réussi ? Figurez-vous que moi, je voulais perpétuer la tradition familiale et devenir agricultrice.

— Votre goût pour l'écriture est venu plus tard, alors ?

— Oui, et avantageusement, car je suis beaucoup plus douée pour écrire que pour labourer la terre. Heureusement pour vous !

En effet, songea Ted. C'était une aubaine qu'elle ait finalement choisi cette voie. Sinon, il ne l'aurait sans doute jamais rencontrée.

La nuit tombait lorsque Adelaide termina son service, au bar. L'alarme programmée sur son téléphone se déclencha, lui rappelant qu'elle devait arroser Piquasaurus Rex, son cactus de compagnie. Elle envoya un message rapide à sa colocataire et meilleure amie, Georgette, pour lui demander d'arroser également son propre cactus, Aiguillette, qui avait plutôt mauvaise mine ces derniers temps. Alors qu'elle attendait le tramway, Adelaide consulta ses courriels et y trouva sa toute première réponse à l'idée de reportage qu'elle avait proposée en ligne. Son cœur s'emballa lorsqu'elle vit qu'il s'agissait d'une réponse de son ancienne patronne, qui connaissait tout le monde dans le milieu de l'édition. Hélas, ce n'était pas Deborah elle-même qui lui avait répondu, mais une de ses assistantes :

Nous vous remercions d'avoir soumis ce projet, mais il ne correspond pas à notre ligne éditoriale actuelle.

Le cœur lourd, Adelaide ravala sa déception. Il fallait s'y attendre, mais elle n'avait pas dit son dernier mot. Elle savait qu'elle trouverait quelqu'un d'intéressé pour publier son article. Son téléphone sonna juste au moment où elle le remettait dans son sac. Ted ! Réalisant que son enthousiasme avait moins à voir avec l'interview qu'elle menait avec lui qu'avec l'homme lui-même, elle fronça les sourcils. Certes, il était adorable, prévenant et, ce qui ne gâtait rien, très séduisant. Certes, elle aimait la façon dont il la regardait, comme si tout ce qu'elle faisait était merveilleux, mais il serait vraiment stupide de prendre tout cela pour argent comptant. En homme avisé, Ted soignait son image, rien de plus ! Elle décrocha, et répondit d'un ton très professionnel.

— Bonsoir, Ted. J'arrive tout de suite !

— Désolé, Adelaide, mais je dois reporter notre rendez-vous.

— Je ne vous entends pas bien. Où êtes-vous ? demanda-t-elle en pressant son écouteur dans son oreille pour essayer de percevoir les bruits de fond.

— Sur l'héliport, au sommet de la tour de Big Think !

Elle se frappa le front. Elle avait oublié : elle mettait des pièces dans une tirelire pour payer ses factures d'électricité. Ted, lui, avait un hélicoptère !

— C'est un voyage de dernière minute ! cria-t-il pour

couvrir le bruit des pales. Pour négocier le rachat d'une entreprise de matériel médical. Ronan semble penser que, si j'agite ma cape et mes lunettes, je vais remporter la mise ! Quoi qu'il en soit, je suis désolé de devoir reporter.

— Ce n'est pas grave, dit-elle, surprise de constater qu'elle était sincère.

— Ne raccrochez pas ! ajouta Ted. J'ai une minute !

— Et si vous m'appeliez à votre retour ?

— Non, je peux vous parler maintenant, déclara-t-il.

Il avait dû se mettre à l'abri, car il était beaucoup plus audible, tout à coup.

En regardant autour d'elle, elle trouva un banc pour s'asseoir. Puis elle fouilla dans son sac pour y prendre un crayon et un carnet de notes.

— D'accord. On va faire ça vite fait !

— Si c'est ce que vous préférez, lança-t-il de cette voix profonde et rauque qui lui transperçait l'âme.

Le sous-entendu ne lui avait pas échappé, et elle se sentit rougir.

— Ce n'est pas l'idéal, mais à la guerre comme à la guerre ! répondit-elle.

Elle se mordit la lèvre. Chaque fois qu'ils se rencontraient, ils flirtaient, mais le fait d'être au téléphone les rendait plus audacieux.

— Alors, commençons par une question assez classique : que lisez-vous ?

— En ce moment, j'écoute un livre audio, une série intitulée *Les Rivières de Londres*. C'est un polar. J'ai commencé aussi un roman fantastique intitulé *Lincoln au Bardo*. Je n'ai pas autant de temps que je le souhaiterais pour lire. Et vous ?

— J'aime bien les biographies.

Adelaide grimaça. Elle devait lui rappeler que c'était elle qui posait les questions, et non l'inverse.

— Adelaide ?

— Désolée. Euh... Avez-vous des animaux de compagnie ?

— Non.

— Même pas un poisson rouge ?

— Je ne suis pas assez souvent chez moi pour m'occuper d'un animal.

— Et avez-vous des plantes ?

— Des plantes ? répéta-t-il. Mais... les plantes ne sont pas des animaux de compagnie !

— Presque, répondit-elle. Alors, pas de plantes ? Pas même un cactus ? Ils sont réputés pour ne pas nécessiter beaucoup d'entretien. Un peu piquants à l'extérieur, ils s'épanouissent même avec peu de soin.

Elle adorait les cactus, et aurait aimé qu'il partage son engouement.

— Non, dit Ted.

— Seriez-vous, par hasard, réfractaire à l'engagement ?

Il éclata de rire, puis s'arrêta. Suffisamment longtemps pour qu'elle songe qu'elle avait peut-être vu juste.

— Non. En réalité, je suis extrêmement engagé. Dans mon travail.

Il bottait en touche, mais elle insista, consciente que, s'il avait été en face d'elle, elle ne se serait pas montrée aussi audacieuse. Voire téméraire.

— Avez-vous été malchanceux en amour ? s'entendit-elle demander.

— Je ne dirais pas cela. Mon temps est tout simplement trop précieux pour que je fasse des choix disons... prématurés.

— Je comprends. Mais peut-être aussi avez-vous un défaut caché ?

— Comme quoi, par exemple ? demanda-t-il de ce ton amusé qui avait le don de la faire craquer.

— Vous ronflez vraiment très fort ? Vous écoutez du rap hardcore ? Vous avez… de l'herpès ?

Cette fois, il rit franchement. Elle l'imaginait même en train de se passer une main dans la nuque, comme il avait l'habitude de le faire lorsqu'il était gêné.

Songeant qu'elle était peut-être allée trop loin, Adelaide s'apprêtait à mettre fin à leur conversation téléphonique lorsque Ted dit :

— Mes plans de vie ne vont tout simplement pas dans ce sens.

— Dans quel sens ?

— Dans le sens de… la famille.

Perplexe, elle garda un instant le silence, puis dit :

— Je ne sais pas trop quoi répondre à cela…

Comment les plans de vie d'une personne pouvaient-ils ne pas être liés à la famille ?

Elle avait adoré sa mère, et, malgré le fait que ses frères la rendaient folle en cherchant à la surprotéger, ils étaient le seul vrai pilier, dans sa vie. Ils l'avaient toujours aimée, et cela ne changerait jamais. Si ses objectifs professionnels paraissaient difficiles à atteindre, son plan de vie était au contraire assez élémentaire : sécurité, foyer, famille…

— Passons à un autre sujet, proposa-t-elle. Quelle est votre couleur préférée ?

Elle le sentait sur la défensive, et se rendit compte que l'ambiance avait soudainement changé, entre eux. Si la première règle du journalisme était de prendre du recul, la seconde était de garder le contrôle.

— Ma couleur préférée ? soupira-t-il. Le vert.

— Votre chanson préférée ?

— Adelaide, vous êtes sérieuse !

— Oui. Soit vous me répondez, soit je reviens au sujet précédent et vous demande pourquoi vous ne vous imaginez pas en chef de famille. Vous ne voulez pas d'enfants ?

— Non.

— Vous recommencez à répondre par monosyllabes, à ce que je vois. Sans même une seconde d'hésitation.

Au fond d'elle-même, une étrange déception l'envahissait. Ce qui était insensé, car il n'y avait rien entre eux. Rien, en tout cas, qui puisse justifier un tel sentiment. Et pourtant son malaise était bien réel.

— Vous n'aimez pas les enfants ? demanda-t-elle, incapable de lâcher prise.

— Les sœurs de Sawyer en ont une ribambelle. Ils sont bruyants, collants, mais très amusants ! Mais, pour revenir au point précédent, mon engagement est dans mon travail. Donc ce ne serait pas...

— ... juste, dit Adelaide à sa place.

— Hmm... Oh ! le pilote me fait signe d'embarquer. Il faut que j'y aille !

— Merci de m'avoir accordé cette interview à distance. J'utiliserai le temps qu'il me reste pour peaufiner mes prochaines questions, qui seront très précises.

— Parce que celles-ci ne l'étaient pas ? répliqua-t-il, rieur.

Soudain, le bruit de l'hélicoptère se fit trop fort, sa

voix, trop lointaine, et après quelques mots d'au revoir elle raccrocha.

C'est alors qu'elle remarqua un vieil homme assis à l'autre extrémité du banc, qui regardait le tramway passer devant eux. Il lui sourit.

— Ah, c'est beau, l'amour ! dit-il avec nostalgie.

Elle ouvrit la bouche pour dire à l'inconnu qu'il se trompait. Que ce n'était pas du tout ça. Mais en réalité elle n'en était pas si sûre, et elle se contenta de lui rendre son sourire, avant de sauter dans le tramway.

Ted était assis dans le bureau, au cinquième étage de la tour de Big Think, et fixait l'étagère vide où se trouvait auparavant la machine à café. Après le dernier entretien avec Adelaide, il avait demandé à Hadley de la retirer pour rendre la pièce moins accueillante. Et elle ne l'avait pas déçu. Les stores avaient été tirés, les fauteuils, remplacés par des chaises en plastique, et la température, abaissée jusqu'à la limite du tolérable. Mais aujourd'hui, après être resté en liaison constante par vidéo avec l'équipe de Lisbonne, qui avait fait une percée majeure dans la mise au point d'un remède contre la malaria sur lequel elle travaillait depuis plusieurs années, il aurait eu bien besoin d'un café. Il était tellement fatigué qu'il n'avait même pas eu le temps d'élaborer un nouveau plan pour son prochain entretien avec Adelaide...

Soudain, il sentit un picotement, sur sa nuque, et se retourna. Adelaide Adams se tenait dans l'embrasure de la porte, prête à frapper. Vêtue d'une robe de velours noir qui moulait sa taille et descendait presque jusqu'à ses chevilles et chaussée d'une paire d'escarpins noirs à talons très pointus, elle semblait tout droit sortie de *Mad Men*. Cela faisait cinq jours qu'il ne l'avait pas vue.

— Comment ça va ? demanda-t-elle en entrant dans la pièce et en renversant le contenu de son cabas sur la table, comme à son habitude. Vous avez l'air... au bout du rouleau.

Contrairement à elle, qui semblait en pleine forme ! songea Ted avec un sourire.

— J'ai une grosse semaine.

Adelaide s'assit, fronça les sourcils, puis fouilla dans ses sacs et en sortit un sachet de sucettes, ainsi qu'un récipient en plastique qu'elle ouvrit et fit glisser jusqu'à lui.

— Mangez !

À l'intérieur, il vit un muffin. Un vrai muffin. Énorme, saupoudré de sucre et garni de myrtilles bien joufflues, il était très appétissant. Cependant, la sensation qui envahit son ventre, il le savait, n'avait rien à voir avec la faim.

Comme il gardait le silence, Adelaide dit :

— Il est fait maison.

— Par vous ?

— Oui.

— Pour moi ?

— J'ai remarqué que vous étiez plus détendu lorsque vous aviez quelque chose à grignoter. Et quand vous êtes détendu vous avez tendance à être plus bavard... Or j'ai préparé quelques questions pointues, vous vous souvenez ?

Il s'en souvenait parfaitement. Il se souvenait d'avoir parlé de cactus, de partenaires et d'enfants. Et aussi de sa déception lorsqu'il lui avait laissé entendre que ces choses n'étaient pas prioritaires dans sa vie. Il se rappela de ne pas laisser sa mère s'approcher d'elle, car elles auraient sans doute beaucoup – trop – de choses à se dire.

Ted prit un morceau de muffin et laissa échapper un soupir de plaisir. De quand datait son dernier repas ? Manger n'importe quand pouvait passer quand on avait dix-neuf ans, mais il avait vraiment besoin de mieux se nourrir. Et pourtant, alors qu'il passait sa vie à prendre soin des autres, c'était la première fois depuis longtemps que quelqu'un d'autre pensait à s'occuper de lui.

— On commence ?

— Je suis prêt !

— Parlez-moi de votre famille, dit-elle sans préambule. Commençons par votre mère...

Ted dut se rappeler que c'était elle l'intervieweuse, et lui l'interviewé. Sa mission était de fournir de nouveaux éléments de langage pour l'entreprise, d'établir une relation de confiance avec d'éventuels investisseurs, de montrer pourquoi Big Think méritait leur bienveillance. Alors il déclara :

— Ma mère s'appelle Celia. Imaginez une petite femme rousse très dynamique, habillée avec goût et très engagée dans des œuvres caritatives. Une personne volontaire, aimante et pleine de sagesse. Je...

— Oui ?

— Je devrais l'appeler plus souvent.

À ces mots, elle s'adoucit.

— Et votre père ?

Ted s'attendait à cette question. L'histoire de son géniteur faisait partie de la légende de Big Think : c'était la maladie soudaine de son père qui avait suscité son désir de mettre son talent au service de la guérison des grands maux du monde. Il avait une réponse toute faite à cette question qu'il utilisait depuis des années – trois lignes au total, qu'il connaissait par cœur. Mais face à cette femme pleine d'empathie, qui avait pris la peine de lui préparer un gâteau dont il avait encore le goût sur la langue, il voulait faire mieux. Susciter l'intérêt et l'empathie de ceux auxquels il s'adressait à travers elle.

Il regarda la montre de son père, passa son pouce sur le cadran d'un air pensif et ajouta :

— J'avais dix-neuf ans lorsque mon père est mort. C'était inattendu. J'ai été dévasté...

— De quoi est-il mort ?

— D'un cancer.

Elle hocha la tête en silence, comme pour mieux assimiler cette nouvelle information, et saisir le traumatisme qu'il avait subi.

— J'étais absent lorsqu'il est tombé malade, précisa Ted. En césure après mes deux premières années d'études. Une semaine après le diagnostic, il n'était plus là...

— Vous voulez dire... Vous êtes rentré à temps pour lui dire au revoir ?

Ted secoua la tête.

— J'ai essayé. Mais nous ne savions pas que ce serait aussi rapide. Il n'y avait aucun symptôme, vous voyez, aucun signe avant-coureur. Sinon, je ne serais jamais parti.

Mal à l'aise sur sa chaise en plastique, Ted étendit ses jambes sous le bureau.

— Avec le recul, nous nous sommes rappelé qu'il avait perdu un peu de poids et avait peu d'appétit, mais il paraissait en pleine forme. En réalité, il souffrait depuis un certain temps, mais il ne voulait pas inquiéter ma mère, car ils devaient venir me rendre visite pour son cinquantième anniversaire.

— Vous avez dit que son décès vous avait dévasté. Comment avez-vous réagi ?

Il leva les yeux vers elle, et son regard plein d'empathie l'encouragea à poursuivre.

— J'ai été longtemps en colère. Je me sentais coupable, bien sûr, mais aussi rongé par la colère. Contre mon père, qui n'avait rien laissé paraître.

Ted se passa la main dans les cheveux, puis appuya ses coudes sur la table.

— Une fois rentré, je suis resté, et je suis passé d'un cursus scientifique à des études de médecine, que j'ai terminées en trois ans au lieu de cinq, comme si cela avait pu m'aider à remonter le temps... Inutile de dire que je n'étais pas dans mon état normal pendant toute cette période. Ce n'est que grâce à Sawyer et à Ronan que j'ai pu éviter les ennuis, mais je les cherchais quand même.

Un mouvement tira Ted de ses souvenirs, et il constata qu'Adelaide avait, elle aussi, les coudes sur la table. Le menton sur sa paume, elle arborait une expression tendue. D'un regard, elle l'invita à continuer.

— Est-ce que cela fait de moi un salaud au cœur froid, qui aurait voulu que son père vive plus longtemps, par pur égoïsme ?

C'était une question qu'il se posait depuis longtemps mais qu'il n'avait jamais formulée à voix haute, ni devant Ronan ou Sawyer, ni à lui-même.

Elle secoua la tête.

— Cela fait de vous un humain, tout simplement.

Elle posa son crayon et s'apprêtait à éteindre l'enregistreur de son téléphone quand Ted posa sa main sur la sienne.

— N'arrête pas...

Si ce tutoiement la surprit, elle n'en laissa rien paraître. Ted lécha une miette collée au bout de son pouce.

— Après tout, il y a peut-être de la magie dans tes muffins !

— Peut-être...

Troublée à l'extrême, elle prit une profonde inspiration avant de demander :

— Est-ce qu'il te ressemblait beaucoup ? Tu as décrit ta mère comme étant petite, j'imagine donc que ton père devait être tout le contraire.

— En apparence, oui. C'était un grand gaillard, très imposant. Il était d'un tempérament calme, réfléchi. Il était professeur d'histoire, et j'ai passé une grande partie de mon enfance à lire dans sa bibliothèque. Ma mère, elle, est une artiste dans l'âme...

Il se pencha en avant et prit l'un des crayons d'Adelaide, qu'il fit tourner entre ses doigts.

— Elle t'apprécierait beaucoup, je crois.

— Tu crois ?

Il leva les yeux vers les siens.

— J'en suis sûr.

Il baissa les yeux, penaud.

— Je suis trop occupé, et ne passe pas assez de temps avec elle. Alors que j'ai l'impression que tu es tout le contraire. Tu es très famille, n'est-ce pas ?

— Pas toujours...

Puis, redressant les épaules, elle demanda :

— Tu as des frères et sœurs ?

Il secoua la tête.

— Est-ce parce que tu es enfant unique que tu ne t'imagines pas avoir une famille ? lâcha-t-elle avec un regard aigu. Parce que moi, je viens d'une famille nombreuse et je ne peux pas imaginer autre chose...

— Je pense que ma mère aurait aimé avoir une grande famille, dit-il après une longue pause, mais il y a eu des complications après ma naissance. Ma mère en plaisante et dit toujours que j'ai cassé le moule. Mais mon père, lui, avait l'air très affecté chaque fois qu'il évoquait le sujet, alors je pense que cela a dû être difficile pour lui. Il adorait sa femme et ne supportait pas de la voir malheureuse...

Ted avait toujours su qu'il ferait tout pour éviter de se retrouver dans une telle situation. Mieux valait mettre ses talents au service de ceux qui luttaient pour que d'autres ne connaissent pas une telle épreuve, une telle douleur : les médecins, les chercheurs, les laboratoires...

Perdu dans ses pensées, Ted sursauta lorsqu'une sucette en forme de serpent jaillit devant son nez.

— D'après mon expérience, le sucre est toujours utile.

Ted sourit et prit la friandise.

— C'est merveilleux, de t'entendre parler de tes parents de cette façon. Avec tendresse et tolérance, dit Adelaide, émue aux larmes. Je te remercie pour cet entretien.

Soudain, Ted sentit une digue céder en lui. Il avait retenu trop longtemps ces mots, ces émotions qui échappaient désormais à son emprise. Et cela lui procurait un soulagement inouï.

Adelaide prit son téléphone et appuya sur le bouton pour mettre fin à l'enregistrement, mais elle ne se leva pas pour partir. Et lui non plus.

— Tu as parlé de tes frères, dit Ted. Es-tu très proche de ta famille ?

— Trop proche, même, répondit-elle en haussant les épaules. Ils sont tous un peu plus âgés que moi et ils ont pris l'initiative, il y a longtemps, de me surveiller de près.

— En avais-tu besoin ?

Pensive, elle garda un instant le silence avant de répondre.

— Il fut un temps, oui, sans doute. Mon enfance a été un peu moins stable que la tienne. Ma mère a eu mon frère aîné Brad alors qu'elle était très jeune, et elle n'a jamais réussi à s'en sortir. Nous avons tous des pères différents, et aucun d'entre eux n'est resté avec elle.

Contrairement au père de Ted, qu'il avait tellement aimé qu'il essayait encore de le sauver plus de dix ans après sa mort.

— Quant à ma mère... Elle est morte quand j'étais très jeune.

— Je suis désolé, Adelaide.

— Je ne me souviens pas vraiment d'elle, et j'ignore si les flashs que j'ai eus correspondent à mes propres souvenirs ou à des histoires que mes frères m'ont racontées. J'aimerais en être sûre.

— Quand je me suis rendu compte que j'oubliais le visage de mon père, cela m'a terrifié, avoua Ted. Le son de sa voix, le timbre de son rire s'évanouissaient peu à peu. Après le brouillard des premiers jours du deuil, j'ai pris le temps de parler à ses étudiants, à ses collègues, à ses amis. J'ai fait des recherches sur la mémoire des défunts et la façon de la préserver. J'ai commencé à porter sa montre, pour me sentir à nouveau proche de lui...

Comme il mettait la main à son poignet, Adelaide souffla :

— Je peux ?

Il lui tendit la montre et la regarda la soupeser et effleurer le cadran comme il le faisait souvent lui-même ; quelque chose se tendit dans son ventre. Elle lui rendit la montre, qu'il remit machinalement à son poignet.

— C'est grâce à mon père que je fais ce que je fais. Grâce à lui que Big Think existe. Nous faisons tout ce que nous pouvons pour que de moins en moins de familles souffrent comme la mienne.

— Et c'est merveilleux, soupira Adelaide. Car la souffrance est une épreuve terrible.

— C'est le cancer qui a emporté ta mère ?

— Non. Elle a glissé dans l'allée et s'est cogné la tête. Je rentrais de l'école, ce jour-là. J'étais souvent à la maison, c'est moi qui l'ai trouvée...

Ted posa la main sur la sienne en un geste d'apaisement.

— Elle buvait. Beaucoup trop. Avec le recul, j'imagine qu'elle souffrait aussi de troubles psychiques, de bipolarité, peut-être. Mais elle n'a jamais été diagnostiquée. Malgré cela, ma mère était une personne attachante. Mes frères, plus âgés, ont d'autres souvenirs, mais pour moi elle était cette créature drôle, brillante et merveilleuse. Et elle nous adorait.

Elle haussa les épaules et, instinctivement, Ted se mit à caresser le dos de sa main, qu'elle commença par retourner, avant de la retirer et de la glisser sous la table. Mais il était trop tard...

Entre eux, l'attirance était presque palpable, et les yeux d'Adelaide brillaient lorsqu'ils rencontrèrent les siens.

— Il pouvait s'agir aussi d'un TDAH, qui est un trouble très fréquent. J'en suis atteinte, moi aussi.

Elle pâlit lorsque ces mots franchirent ses lèvres. Elle s'attendait à une réaction de recul, de surprise, mais Ted ne paraissait pas choqué le moins du monde.

— Tu as tendance à te laisser aller à la rêverie ? demanda-t-il en gardant un visage neutre.

Elle lui jeta un regard méfiant, mais au moins la couleur revint sur ses joues.

— Oui.

Il désigna la boîte de muffins désormais vide.

— Tu préfères la cuisson au four plutôt que sur une gazinière ?

— Oui. Je suis trop distraite, et c'est dangereux. Une fois, j'ai mis le feu au micro-ondes en décongelant un morceau de pain.

Ted acquiesça. Il évita de regarder ses notes éparses, les pages couvertes de points d'interrogation et de ballons, et se souvint de la fois où il avait évoqué son désordre. Ce jour-là, l'éclair qu'il avait vu dans ses yeux trahissait une souffrance. Parce que ce que les autres considéraient comme un chaos était pour elle tout le contraire. C'était sa façon d'organiser ses pensées éparses. C'était un fil rouge...

Calmement, il la regarda.

— J'ai dû apprendre à maîtriser ma rage, dit-il, à faire taire mon chagrin. Je suppose que tu as appris à faire de même avec ce qui te fait souffrir.

Elle leva les yeux vers lui, comme si elle n'arrivait pas à croire à la tournure que prenait cette conversation. Devait-elle continuer à le combattre ou s'ouvrir à lui ? Lui parler de sa vie, tout simplement...

— J'ai de nombreuses béquilles, avoua-t-elle, pour m'aider à me concentrer. Et le fait d'être entourée de personnes qui comprennent, qui s'en accommodent au lieu de trouver cela frustrant, m'est d'un grand secours.

Mais c'était de loin le plus difficile à trouver, il ne le comprenait que trop bien. Il savait la chance qu'il avait d'avoir Sawyer et Ronan.

— Hélas, je ne suis pas très douée pour demander de l'aide. Probablement parce que mes frères m'ont toujours soutenue et me soutiennent encore, même quand je n'en ai pas besoin...

Puis, après s'être mordillé l'intérieur de la joue, elle ajouta :

— Je suis plutôt douée pour contrôler mes impulsions, sauf lorsqu'il s'agit de vêtements vintage. Surtout des années 1950 !

Ted lui sourit, puis se passa la main dans les cheveux.

— Je crains que tu n'aies dressé un portrait beaucoup trop élogieux de moi. Tes lecteurs auront du mal à y croire. Encore un ou deux rendez-vous et je suis sûr que tu découvriras suffisamment de défauts, de lacunes pour contrebalancer tout ça... Si nous en restions là pour aujourd'hui ?

Elle redressa la tête.

— Oui ! Bien sûr.

Puis elle rangea ses affaires dans son sac et suivit Ted hors de la pièce. Lorsqu'ils atteignirent les ascenseurs, il demanda :

— On se revoit quand ?

— Pour le prochain entretien. Je t'enverrai un texto, d'accord ?

Elle entra dans l'ascenseur.

— À bientôt, alors ?

— Oui, dit Ted en la suivant du regard jusqu'à ce que les portes soient refermées.

4

Adelaide parcourait d'un œil indifférent le rayon des robes vintage. D'habitude, l'odeur de camphre des dépôts-ventes et le toucher rugueux des tissus anciens la réconfortaient, mais aujourd'hui elle avait l'esprit ailleurs. Elle revoyait la joie sur le visage de Ted lorsqu'elle lui avait donné le muffin, la douleur dans ses yeux lorsqu'il avait parlé de son père, le calme avec lequel il avait accueilli l'annonce de son TDAH. Sa façon de lui tenir la main…

— Addy !

Adelaide tressaillit, avant de se tourner vers Georgette qui entrait en trombe dans la boutique.

— Salut !

— Tu as trouvé quelque chose de bien ?

Georgette saisit sur un mannequin un chapeau de feutre orné d'une plume de mousquetaire et le posa sur sa tête avant de se diriger vers une table couverte de T-shirts de groupes de musique.

Adelaide vérifia le prix d'une chemise en soie avant de la remettre sur le présentoir. Elle cumulait trois emplois à temps partiel – écrire des articles pour des journaux locaux, travailler comme serveuse dans un bar et soigner des chiens – et devait éviter les dépenses superflues.

— Oui. Mais mes placards sont déjà pleins...

Elle aida Georgette à trouver dans les rayons un T-shirt des Guns N' Roses qu'elle recherchait depuis des mois, puis elles se dirigèrent vers un café voisin. Elles partageaient un bureau dans leur appartement, mais changer d'air était l'un des meilleurs moyens qu'Adelaide connaissait pour rester concentrée. Elle avait la chance de pouvoir travailler n'importe où – l'un des rares avantages de sa maladie, Ted avait raison sur ce point...

Elle se figea. Voilà qu'elle repensait à Ted ! Oui, elle était facilement distraite. Non, elle ne se souvenait jamais de l'endroit où elle avait laissé ses clés. Oui, elle avait du mal à gérer son temps. Oui, elle pouvait être colérique. Mais elle aimait rêver et, quand quelque chose lui procurait de la joie, elle était capable de s'y consacrer corps et âme...

— Tes frères ont appelé, dit Georgette, la tirant de ses réflexions.

— Lesquels ?

— Sid. Brad. Ils voulaient t'inviter à un concert, je crois. Ils ont demandé aussi si tu allais bien, si tu avais besoin d'argent... comme d'habitude.

Adelaide enfonça ses mains dans les poches de sa salopette et réussit à ne pas lever les yeux au ciel.

— Je les rappellerai plus tard. On commande ?

— Tout va bien ? demanda Georgette en parcourant le menu.

— Oui. Ted a beaucoup de choses intéressantes à raconter. Elle hésita un instant, puis lâcha :

— Je lui ai dit que je souffrais d'un TDAH.

Georgette leva vers elle un regard stupéfait.

— Ah bon ? Tu as eu une crise ?

— Non. Je voulais juste qu'il soit au courant.

— Et comment a-t-il réagi ?

— Avec beaucoup de calme. Ai-je précisé qu'il est assez étonnant ?

— Je l'ai vu récemment, lorsque je suis allée chez Big Think afin d'y présenter un projet sur les réseaux sociaux. Quand Ted et Ronan Gerard ont traversé le hall d'entrée, ils ont fait sensation. Tu ne m'avais pas dit que Ted était super beau gosse !

— Je l'ignorais avant de le rencontrer. Et puis… tu sais que je ne peux pas parler de ce que j'écris pendant que je l'écris !

Georgette laissa échapper un soupir déçu.

— Je sais, oui…

En vérité, elle n'avait pas encore écrit un seul mot sur Ted Fincher. Elle veillait à ne rien imposer d'elle-même dans ses écrits, si ce n'est l'empathie naturelle qu'elle avait pour mission de transmettre. Durant leurs entretiens, Ted lui posait sans cesse des questions sur sa vie. Sur sa famille, ses faiblesses, ses vulnérabilités, ses espoirs, les choses qui la rendaient heureuse… Et elle n'arrivait pas à faire la part des choses et à séparer leur relation naissante du travail qu'elle avait à effectuer.

Une fois le repas terminé et Georgette partie, elle mit en place un minuteur sur son téléphone, enfonça ses écouteurs dans ses oreilles et posa les doigts sur les touches de son ordinateur. Elle avait de quoi travailler : les années de fac avec Ronan et Sawyer, les actions caritatives de Ted, et l'histoire de son père, qui ne manquerait pas de susciter l'empathie des lecteurs.

Soudain, son téléphone sonna. Et si c'était Ted ? Pensait-il à elle, au moment où leurs mains s'étaient touchées ? Pensait-il à ce qui aurait pu se passer s'ils ne s'étaient pas arrêtés là ?

Elle attrapa son téléphone si vite qu'elle faillit le faire tomber par terre.

Brad : Dîner ce dimanche chez moi. Viens.

Elle reposa son téléphone, mais il bipa de nouveau.

Brad : Addy ? Toc-toc ?

Adelaide : Je ne peux pas. Je travaille.

Brad : Fais une pause.

Adelaide : Pas pour l'instant. Je te rapl dès que je peux. Promis

Elle mit son téléphone en mode vibreur. Plus vite son article serait écrit et sur le marché, plus vite elle aurait un contrat, un beau chèque et – qui sait ? – un nouveau client satisfait.

Lorsque son téléphone vibra, elle l'ignora, préférant se concentrer sur Ted et sur l'histoire qu'elle voulait raconter. Et elle commença à taper...

Le téléphone de Ted sonna alors qu'il s'entraînait dans la salle de sport privée située au sous-sol de sa tour. Il appuya sur le bouton de ses écouteurs pour prendre l'appel.

— Fincher.

— Mon chéri !

— Maman ? Qu'est-ce qui se passe ?

Ted ralentit.

— Rien ! Tout va bien.

Lorsqu'il entendit les sons d'un café animé en arrière-plan, il se sentit rassuré. La voix de sa mère s'adoucit quand elle ajouta :

— Je vais bien, mon chéri, mais le son de ta voix me manque… Alors dis-moi, quoi de neuf chez toi ?

— Eh bien… Nous avons des résultats prometteurs du laboratoire de Singapour dans le traitement des cancers ORL.

— C'est bien.

Sa mère marqua une pause, puis reprit :

— Mais j'espérais que tu me donnerais des nouvelles plus… personnelles.

Il se tendit. Sa mère voulait le voir casé et n'en faisait pas mystère, mais il n'avait pas envie de lui dévoiler tous ses secrets. Cette fois-ci, pourtant, avant qu'il n'ait eu le temps d'esquiver, Adelaide Adams s'était glissée dans son esprit. Son sourire, ses yeux brillants, son menton posé sur sa paume lorsqu'elle rêvait…

— Il n'y a rien à dire, prétendit-il avant de se racler la gorge.

— Hmm… Et pourtant mon petit doigt m'a dit que tu avais passé du temps avec une charmante jeune femme.

— De qui s'agit-il ? Ronan ? Sûrement pas ! Hadley, alors ?

— Quelqu'un qui t'adore, répondit sa mère. Je pense à toi, tu sais. Tu ne rajeunis pas, mon chéri. Et je détesterais que tu te réveilles un jour et que tu constates le temps perdu…

— Maman. Je ne perds pas mon temps, au contraire…

— Bien sûr que non, mon chéri. Maintenant, parle-moi d'elle. Est-elle gentille ? Amusante ? Intelligente ? Bien sûr ! Sinon, elle n'aurait pas attiré ton attention. Comment s'appelle-t-elle ?

Tandis que Celia continuait à soliloquer, posant toutes sortes de questions, Ted eut soudain l'impression que son père les observait, et souriait avec tendresse en entendant le bavardage de sa mère.

Il prit une profonde inspiration. Avoir une famille avait peut-être été le rêve de son père, mais ce n'était pas le sien. Il aurait pu l'être, en fait, si les accidents de parcours n'avaient pas déchiré sa famille. Mais cela était arrivé, et c'était irrémédiable. Il n'était pas question qu'il revive cela...

D'un ton ferme, il interrompit sa mère.

— Maman, Adelaide est journaliste. Elle écrit un article sur Big Think. C'est pourquoi nous avons passé du temps ensemble. C'est tout.

— Oh... Il n'y a vraiment rien de plus ?

— Maman !

— Adelaide, tu dis ? Je suppose que mon petit doigt s'est trompé, alors. J'ai hâte de lire son article !

— Génial.

Soulagé, Ted se frotta les yeux avant de remettre ses lunettes.

— À bientôt, mon chéri. Sois sage !

— Toi aussi, maman, répondit-il. À bientôt !

Ted descendit du tapis de course et étira ses jambes, tandis que l'image d'Adelaide envahissait son esprit. Encore...

Plutôt que de consacrer du temps et de l'énergie à tenter de la repousser, en vain, peut-être le moment était-il venu de lui faire de la place dans sa vie ? Lorsqu'il s'était engagé dans l'aventure de Big Think, son intention n'était pas de renoncer au plaisir au profit du seul travail. Il voulait s'autoriser un peu de légèreté, tant qu'il gardait le contrôle. Il employait des milliers de personnes, sur tous les continents, et gérait des milliards de dollars. Il pouvait bien se laisser aimer par Adelaide Adams, non ?

Tout en jonglant avec ses sacs, un café et le petit cadeau amusant qu'elle avait trouvé pour Ted, Adelaide traversa la cour du Big Think. Elle avait la tête lourde d'avoir veillé trop tard pour écrire. Mais c'était exactement ce dont elle avait besoin. Un feu s'était allumé en elle, lui rappelant que, même si elle semblait avoir développé des sentiments pour Ted, le but de ses rencontres était d'apprendre à le connaître afin de rédiger un article sur lui, et rien de plus.

— Adelaide ?

Elle leva les yeux sur une femme qui marchait dans sa direction. La soixantaine élégante, elle avait des cheveux auburn et un visage qui lui sembla familier.

— Je suis Celia Fincher, dit la femme. La mère de Ted. J'adore votre tenue. Elle me rappelle Rosalind Russell dans...

Celia claqua des doigts.

— *La Dame du vendredi* ?

— C'est ça !

Adelaide ne put s'empêcher de sourire. Les épaulettes étaient un peu difficiles à porter, surtout avec son cabas de travail, son sac d'ordinateur portable et son sac à main.

— Vous êtes venue voir Ted ? demanda Adelaide. Je me suis trompée d'heure ? Cela m'arrive.

— Pas du tout ! Ted m'a emmenée prendre le petit déjeuner, et quand il m'a dit qu'il devait vous rencontrer, eh bien... j'ai peut-être prolongé un peu notre rendez-vous, expliqua-t-elle avec un sourire faussement innocent.

Adelaide suivit le regard de Celia, qui se posa sur le joli petit cactus avec sa fleur rose planté dans un pot jaune vif.

— C'est pour Ted, dit-elle en désignant la plante.

Celia leva les sourcils.

— Son anniversaire n'est qu'en septembre.

— C'est… une blague.

En réalité, elle n'arrivait pas à accepter qu'il ne se croie pas fait pour fonder une famille. Si elle lui prouvait qu'il pouvait garder un cactus en vie, il pourrait changer d'avis. Mais mieux valait ne pas en parler à sa mère.

— Qu'est-ce que vous voulez savoir sur lui ? demanda Celia. Je connais tout : chaque joie, chaque succès, chaque erreur, chaque chagrin qui ont fait de lui l'homme qu'il est aujourd'hui.

Adelaide l'interrompit.

— Non, je n'ai pas besoin de tout savoir.

— En êtes-vous sûre ? Ted n'a jamais été un grand bavard. Il garde tout pour lui, comme son père.

Pas avec moi, songea Adelaide.

Ce fut le moment que choisit Ted pour faire irruption dans le grand hall de Big Think, où elle venait d'entrer. Il jeta un coup d'œil à sa montre, manifestement contrarié. Lorsqu'il aperçut sa mère, il se figea.

— Maman ?

— Ted, mon chéri ! Regarde qui je viens de croiser !

— Je vois. Vous vous êtes présentées ?

— Nous avons eu une petite discussion, toutes les deux !

Il adressa à Adelaide un regard d'excuses, mais celle-ci secoua la tête pour lui signifier que tout allait bien. Tout en serrant un peu plus fort le pot de cactus derrière son dos.

— Et maintenant nous allons nous dire au revoir, maman.

— Au revoir, mon chéri, dit Celia en tendant la joue.

Quand Ted l'eut embrassée, elle ajouta :

— Enchantée, Adelaide. Ne manquez pas de montrer au monde à quel point mon fils est unique !

Une fois sa mère partie, Ted se rapprocha d'Adelaide,

et ils la regardèrent ensemble entrer dans une limousine avec chauffeur.

— Maintenant, je connais ta mère, dit Adelaide.

— Mmm… Y a-t-il une chance que tu me dises de quoi vous avez parlé ?

— Oh ! de ton doudou préféré, de tes grenouillères Superman, et de tes premiers boutons d'acné…

Il tourna vers elle un visage horrifié.

— Je n'ai jamais eu d'acné.

— Ah bon ? J'ai dû mal comprendre, alors…

Quand il comprit qu'elle le faisait marcher, il la gratifia d'un grand sourire. Son arme secrète…

— Tiens, dit-elle en lui présentant son cadeau. C'est pour toi.

Ted prit le pot dans sa grande main.

— C'est un cactus ?

— Un cactus de compagnie, précisa Adelaide.

Ses yeux se plissèrent, puis il éclata d'un rire joyeux, aussi magique qu'elle l'avait imaginé.

— Je te remercie. J'en prendrai bien soin.

— Je n'en doute pas.

Adelaide se mit à marcher en direction des ascenseurs, mais Ted lui désigna la sortie de la tour.

— Marchons un peu. J'ai commencé à faire des cauchemars à propos de ce bureau.

— Je n'osais pas le dire, mais ce n'est pas vraiment l'espace le plus accueillant.

— C'était le but, je l'avoue. J'ai pensé que cela pourrait nous aider tous les deux… à nous en tenir au dossier.

Adelaide allait demander pourquoi il avait cru cela utile,

mais elle préféra s'abstenir en comprenant que ce serait ouvrir une boîte de Pandore.

— On va dans un nouvel endroit, cette fois-ci ?

— Oui.

Son sourire était chaleureux, facile, son comportement, plus décontracté que d'habitude alors qu'il s'avançait à côté d'elle, le cactus en équilibre sur la paume de la main. Lorsque ses yeux retrouvèrent les siens, son sourire s'accentua et elle se sentit fondre.

— Après notre conversation de l'autre jour, je me suis senti obligé d'inviter ma mère à prendre le petit déjeuner.

— Ah... Pas étonnant qu'elle ait eu envie de me rencontrer.

— Oh ! je suis certain que ce n'est pas la seule raison ! lança-t-il.

Mais il n'en dit pas plus, et Adelaide se demanda comment poursuivre la conversation. Alors qu'elle se rappelait qu'elle était censée mener une interview, Ted avait visiblement autre chose en tête. Et, pour la première fois depuis leur rencontre, elle n'était pas sûre de savoir qui contrôlait la situation.

— En tout cas, elle t'a bien élevé, affirma Adelaide. Elle doit être fière d'avoir un fils aussi courtois !

Il la regarda, mais la lumière se reflétait sur ses lunettes et elle ne distinguait pas ses yeux.

— Courtois ?

— Oui, tu es très courtois, et c'est tant mieux. Je t'assure. C'est une qualité importante, et qui se perd, je trouve. J'ai rencontré beaucoup de gens loin d'être aussi gentils, compréhensifs ou patients que toi.

— Quel genre de gens ?

— Cela n'a pas d'importance.

— Donne-moi leur nom !

Adelaide sourit, puis lui prit le bras alors qu'ils croisaient un groupe de touristes. Lorsqu'elle voulut se détacher de lui, elle sentit sa main se refermer sur la sienne. Il la fit pivoter vers lui.

— Je peux être grincheux, tu sais.

— Bien sûr.

— Hargneux, aussi.

— Si tu le dis !

— Quand je suis contrarié, fatigué, affamé, je peux être carrément sinistre.

Il la touchait à peine, et pourtant elle avait l'impression d'avoir le bras en feu. À tel point qu'elle laissa ses sacs glisser le long de son bras, et s'en servit comme prétexte pour se libérer. Du moins était-ce son intention jusqu'à ce que les longs doigts de Ted s'emparent des bandoulières, et qu'il jette les sacs sur son épaule.

— Je peux porter mes affaires toute seule, tu sais ! dit-elle avec force pour chasser son embarras, mais aussi parce qu'elle ne voulait pas qu'il se comporte comme ses frères.

— J'en ai bien conscience, répliqua-t-il. C'est sans doute pour ça que tu marches de travers !

Elle se redressa puis, constatant qu'il avait raison, elle céda. Elle reprendrait ses sacs un peu plus tard.

— Tu sais, dit-elle alors, je fais parfois les choses différemment de toi, mais j'y arrive très bien quand même !

— Je sais, dit-il simplement.

Et elle le crut. Même si la dernière chose dont elle avait besoin dans sa vie était qu'un homme croie qu'il devait s'occuper d'elle, elle appréciait sa présence. Avec lui, elle ne se sentait jamais dépendante, différente, et ce constat lui fit chaud au cœur.

— Comment s'appelait ta mère ? demanda-t-il soudain.

— N'est-ce pas moi qui suis censée poser les questions ?

— Changement de programme ! répondit-il sans la regarder.

— Comme ça, sans prévenir ?

— Oui !

S'il posait des questions, peut-être ne remarquerait-il pas que son pouls palpitait dans sa gorge, que ses joues étaient en feu et qu'elle frissonnait chaque fois que son bras effleurait le sien.

— Très bien ! dit-elle en levant les mains en signe de reddition. Ma mère s'appelait Vivian.

— Parle-moi d'elle...

Elle réfléchit quelques instants, puis raconta :

— Je crois t'avoir dit qu'elle était un peu excentrique, et n'aimait pas trop les règles. Elle a fait des choix qui lui ont rendu la vie difficile, aussi...

Elle haussa les épaules.

Je pense qu'il était plus facile pour elle de me faire regarder un vieux film de Danny Kaye que de regarder mes troubles en face...

Ted hocha la tête comme il assimilait ces mots. Il l'encouragea du regard et continua à marcher, à son rythme. Sans ses sacs, qui l'alourdissaient, elle sentait les mots bouillonner en elle, prêts à jaillir de sa bouche.

— Mais je l'adorais. Elle avait une telle énergie, une telle joie ! Mentalement, elle n'était pas très stable. Mes frères se souviennent de séjours à l'hôpital et de périodes de dépression dont ils m'ont protégée autant qu'ils le pouvaient. Je leur en veux d'avoir pensé que je n'étais pas à la hauteur.

— Tu as de la chance, au contraire, de garder d'aussi bons souvenirs d'elle, affirma-t-il.

Elle sourit avant d'ajouter :

— Je pense que c'est la raison pour laquelle j'aime écrire sur les gens. Je m'intéresse à leurs excentricités, à leurs différences, que j'invite les autres à considérer comme de véritables richesses, plutôt que de les rejeter. Parce que ma mère n'était pas comme les autres. Elle était difficile, rebelle, mais elle nous aimait si fort ! Si l'on pouvait voir dans le cœur des autres, cela ne pourrait que nous rendre plus indulgents. Plus compatissants. Cela te semble trop demander ?

— Non, Adelaide, ce n'est pas trop. C'est merveilleux. Tu es merveilleuse, murmura-t-il, ému aux larmes.

Elle leva vers lui un regard étonné.

— Tu es sûr que tu vas bien ?

— Est-ce que j'ai l'air d'aller mal ?

— Tu as l'air... défoncé.

Il sourit.

— Je me sens parfaitement bien ! J'ai bien dormi la nuit dernière. Je me sens plus léger, d'avoir vu ma mère. Quelqu'un s'occupe de gérer mes appels pendant que je me promène dans cette belle rue, par cette belle journée de Melbourne, avec toi à mes côtés !

Il lui donna un léger coup d'épaule et, oubliant sa force, la fit légèrement vaciller. Il tendit le bras pour la rattraper, et la serra contre lui. Ils marchèrent ainsi, son bras autour de ses épaules, et Adelaide dut serrer les lèvres pour ne pas laisser échapper un soupir de bonheur.

— C'est merveilleux, de se promener, mais je dois terminer, cette interview, moi ! s'exclama-t-elle. Alors trouvons un endroit où nous asseoir et attelons-nous à notre prochain entretien.

— Pas aujourd'hui. Aujourd'hui, c'est moi qui veux apprendre à te connaître, Adelaide. Je pense qu'on peut commencer par le jour de ta naissance, qu'en dis-tu ?

Il la prit par la main et l'entraîna dans un restaurant tout proche. Bouleversée, le cœur battant la chamade, Adelaide ne put que le suivre. Les jambes tremblantes, elle prit place à une table qu'on leur désigna, tandis que Ted enlevait ses lunettes et les posait délicatement près du cactus, sur la nappe. L'endroit était intime, tout en bois brillant et en lustres dorés.

Après quelques minutes d'une conversation animée sur l'enfance d'Adelaide, Ted s'exclama :

— Là, tu te moques de moi, non ?

— Pas du tout. Mes frères portent tous des prénoms de personnages masculins des films de Doris Day.

Elle leva la main et compta sur ses doigts.

— Il y a Brad, de *Confidences sur l'oreiller*. Il est plombier. Jake, baptisé d'après le héros d'*Il y a un homme dans le lit de maman*, est électricien. Bill, de *Calamity Jane*, est secouriste. Et Sid, qui doit son nom au personnage du film *The Pajama Game*, est champion de MMA.

Ted leva les yeux au ciel. Sans ses lunettes, cet homme avait des yeux superbes ; ses longs cils se reflétaient sur sa peau hâlée, dans la lumière tamisée. En cet instant, il ressemblait moins à Clark Kent qu'à un homme en chair et en os. Un homme très séduisant...

— Un champion de MMA ? répéta Ted.

— Non, il travaille dans le bâtiment. Je voulais juste vérifier que tu suivais...

— Je suis, dit-il d'une voix un peu rauque, les yeux accrochés aux siens. Depuis le début.

Un peu étourdie, Adelaide demanda :

— Quel était le nom de mon institutrice de CM2 ?

— Mme Hennessy. Au fait, ton prénom est aussi inspiré par l'héroïne de *Calamity Jane*, n'est-ce pas ?

— Oui, mais le sien s'écrivait sans « e ». As-tu vu le film ?

Il secoua la tête.

— Oh ! il faut que tu le voies, il est génial ! C'est l'un des meilleurs films de tous les temps. Adelaid Adams est un personnage secondaire, cependant – ce que mes frères ne manquent jamais de me rappeler.

Adelaide pensait depuis longtemps qu'il s'agissait d'un acte délibéré de la part de sa mère. Une incitation à se battre pour se faire respecter et trouver sa place ?

Quand Ted secoua la tête et planta ses yeux dans les siens, elle eut l'impression qu'il la regardait pour la première fois. Pour dissiper la tension érotique qui venait de s'installer entre eux, elle agita une main devant ses yeux.

— Peux-tu me voir sans tes lunettes ?

Il plissa les yeux.

— Tu es un peu floue sur les bords, mais...

Ted se pencha vers elle. Trop.

— Maintenant, je te vois beaucoup mieux. Je n'ai jamais vu quelqu'un avec des yeux comme les tiens, Adelaide Adams. J'ai le sentiment d'y voir défiler toute ta vie.

Mal à l'aise, Adelaide eut un mouvement de recul et s'adossa à sa chaise.

— Arrête, dit-il d'une voix douce mais ferme.

— Je n'aime pas trop qu'on me dise ce que je dois faire. J'ai quatre grands frères, souviens-toi !

Mais Ted ne céda pas un pouce de terrain.

— As-tu remarqué que tu avais l'habitude de lâcher des bombes pour me faire fuir dès que tu sens que je m'approche un peu trop ?

Adelaide déglutit avec peine, puis demanda :

— Que veux-tu dire ?

— D'abord, tu m'as annoncé sans préambule ton TDAH. Puis, à l'instant, tu as formulé une menace voilée, quand tu m'as parlé de tes grands frères. Je veux que tu saches qu'à chaque fois que cela se produira je te le ferai remarquer.

Adelaide cligna des yeux. Elle avait tellement l'habitude de devoir s'affirmer, et faire ses preuves dans le monde, que quand elle se retrouvait le dos au mur elle avait appris à repousser les gens avant qu'ils ne puissent l'atteindre – ou lui faire du mal. Et cela avait toujours été d'une facilité déconcertante. Ted était la première personne à la regarder dans les yeux et à lui dire : « Je vois clair dans ton jeu. Je comprends pourquoi. Et cela ne me fait pas peur. »

— Tu me dis tout cela pour être franc avec moi, ou y a-t-il une autre raison ?

Il attendit que ses yeux se posent à nouveau sur les siens avant de répondre.

— Tout ce que je veux te dire, c'est que tu es merveilleuse. Et que je t'apprécie telle que tu es. Je veux que tu le saches.

— Ted...

— Pourquoi serais-tu la seule à pouvoir me faire des

compliments ? Et, si j'ai envie de te dire que je te trouve belle, intelligente, et drôle, me le permettras-tu ?

Elle ouvrit la bouche pour lui dire qu'il l'avait complimentée à deux reprises, avant de réaliser qu'il en était parfaitement conscient.

— Quand t'ai-je fait des compliments ? demanda-t-elle.

Ted esquissa un sourire.

— Tu as déjà oublié ? Pas moi. Avoue que tu m'apprécies beaucoup, Adelaide. Tu as peut-être même un petit faible pour moi, non ?

Le cœur battant la chamade, elle préféra ironiser.

— Pff ! Je vous trouve bien sûr de vous, monsieur Fincher !

Elle regarda ses cheveux épais, sa mâchoire volontaire, ses traits altiers, mais ce fut son sourire qui attisa la flamme qui couvait en elle.

Comme poussée par une main invisible, Adelaide bascula vers l'avant et posa ses lèvres sur les siennes. Ses yeux étaient grands ouverts, et elle vit que ceux de Ted l'étaient aussi. Mais il ne tarda pas à les fermer comme il lui rendait son baiser, léger comme un baiser papillon. Puis Ted attrapa sa nuque et glissa les doigts dans ses cheveux...

Alors qu'elle s'abandonnait à cette étreinte enivrante, Adelaide perçut une petite voix, dans sa tête, qui lui soufflait de rester sur ses gardes. À contrecœur, elle s'écarta de lui et porta la main à sa bouche. Qu'avaient-ils fait ?

Prenant son courage à deux mains, elle leva les yeux vers lui et constata qu'il lui souriait.

— Je confirme que tu as un faible pour moi, dit-il.

— Arrête...

Il leva les deux mains en signe de reddition, mais la lueur qu'elle vit dans ses yeux trahissait une tout autre intention.

Qu'est-ce qui lui avait pris ? Qu'est-ce qui leur avait pris ?

— Qui êtes-vous et qu'avez-vous fait de Ted Fincher ? demanda-t-elle, à la fois amusée et un peu fébrile.

À son grand regret, Ted éluda sa question.

— Je meurs de faim ! lança-t-il soudain en clignant des yeux et en regardant autour de lui pour la première fois depuis qu'ils s'étaient assis. On sert à manger ici, n'est-ce pas ? Pas seulement de la bière ?

Était-il possible qu'il regrette ce qui venait de se passer entre eux, et tente de détourner son attention ? Ou brûlait-il de désir pour elle ?

Bouleversée, Adelaide s'affaira, chercha un menu, passa commande, puis le regarda engloutir un plat copieux, tandis qu'elle sirotait un thé glacé.

5

Les trois chiens qu'elle promenait tiraient assez fort sur leur laisse pour la faire trébucher, mais Adelaide avait l'habitude, et elle les guida habilement sur le sentier. Elle n'était pas vraiment concentrée, et cela, depuis plusieurs jours. Depuis que Ted et elle s'étaient embrassés, plus précisément.

Chaque instant l'invitait à revivre ce baiser, encore et encore, et à se demander ce qu'il avait signifié pour Ted. Certes, c'était elle qui avait commencé, mais il lui avait bel et bien rendu son étreinte, avec une fougue qui l'avait stupéfiée. Dieu, que c'était bon ! Si bon qu'elle en rêvait encore la nuit, blottie dans son lit trop grand pour elle.

Lorsqu'elle s'était écartée de lui, folle de désir, elle avait eu l'impression qu'il prenait ce baiser à la légère, comme la conséquence d'un instant d'égarement qui ne se reproduirait plus. Ce qui était une bonne chose, supposait-elle, car en effet, entre eux, cela ne pouvait pas aller plus loin. Ils entretenaient une relation de travail, or il n'était pas question de mêler travail et plaisir.

En outre, Ted était très différent d'elle. Il était organisé, hyper rationnel et extrêmement soigneux, alors qu'elle était brouillonne, désordonnée, fantasque… Elle était également à un autre stade de sa vie : elle se démenait pour tenter de réaliser ses rêves, alors que lui avait déjà brillamment réussi dans son domaine.

Soudain, l'un des trois chiens, un shih tzu nommé Voltaire, s'élança en direction d'un parc situé de l'autre côté de la route. Instinctivement, Adelaide desserra la laisse plutôt que de la raccourcir, et les chiens reprirent leur rythme normal, tandis qu'elle retournait à sa rêverie...

Était-il vraiment raisonnable d'entamer une relation avec Ted, dans la mesure où elle avait la certitude que cela se solderait par un échec ? Non pas parce qu'il la trouverait impossible à vivre, mais parce qu'ils avaient des aspirations très différentes. Elle voulait fonder une famille, lui, non. Le pire, c'était qu'elle pensait avoir enfin trouvé un homme qui lui plaisait, qui l'aimait et ne voulait que son bien... Un homme qui considérait son TDAH comme une simple « différence », et non comme un handicap.

S'ils allaient au-delà du simple baiser, elle tomberait amoureuse, elle en était certaine. D'ailleurs, n'était-ce pas déjà le cas ?

Arrivée au parc, elle lâcha les trois chiens, puis les laissa courir à leur guise tandis qu'elle s'asseyait à l'ombre pour réfléchir. Comment contacter Ted et organiser leur prochaine entrevue ? Car le moment était venu de conclure cette série d'entretiens, de boucler la boucle. Jusqu'à présent, personne ne semblait intéressé par son sujet, mais elle savait que c'était normal et ne voulait pas s'inquiéter tant qu'elle n'aurait pas terminé l'article.

Sa montre vibra à son poignet, annonçant l'appel d'un numéro inconnu. Et si c'était un rédacteur en chef influent qui lui proposait d'acheter son article ? Pleine d'espoir, elle répondit :

— Adelaide Adams !

— Adelaide...

Elle sentit ses genoux se dérober en entendant la voix grave de Ted.

— Je pensais justement à toi.

— Ah oui ?

— J'avais l'intention de t'appeler pour organiser notre prochain entretien. En fait, après avoir relu mes notes, je pense que cela pourrait être le dernier.

Ted marqua une pause, ce qui lui sembla révélateur. À moins qu'elle se fasse des idées et projette sur lui ses propres sentiments ? Elle sentit son cœur se serrer à l'idée que, bientôt, ils n'auraient plus aucune raison de se rencontrer.

— Quand es-tu libre ? demanda-t-elle.

— En fait, je t'appelais pour te dire que j'allais partir quelques jours en Floride.

— Oh ! dit-elle en s'efforçant de dissimuler sa déception.

— J'ai demandé à Hadley de garder un œil sur Fuzz, si c'est ce qui te préoccupe.

— Fuzz ?

— Mon cactus de compagnie.

Adelaide ne put retenir un sourire amusé.

— Tu sais qu'il n'a besoin que de quelques gouttes d'eau une fois tous les quinze jours, et qu'il demande très peu d'entretien ? Veux-tu que nous reportions notre dernier entretien à ton retour ?

— Eh bien, il y a de la place dans le jet, si tu veux te joindre à moi, dit-il en guise de réponse.

Incrédule, Adelaide répéta :

— Désolée, tu as bien parlé d'un jet ? Comme dans « jet privé » ?

— Oui. J'ai une réunion avec le laboratoire dont je t'ai parlé, et que nous cherchons à acquérir. J'ai pensé que tu aimerais venir voir comment je travaille. Cela te permettrait de faire d'une pierre deux coups, et..

Il se racla la gorge.

— Ce sera un séjour de quarante-huit heures. Je te prendrai une chambre d'hôtel, bien sûr...

— Je n'ai jamais pris de jet privé. Et encore moins pour la Floride, répondit-elle. Dans mon enfance, nous ne partions pas vraiment en vacances en famille.

Elle s'arrêta.

— Adelaide, tu es toujours là ?

— Oui. C'est une bonne idée. Je ne te dérangerai pas, je te le promets, et j'utiliserai notre temps à bon escient. En fait, j'ai l'intention de profiter de cette occasion pour t'interviewer à chaque instant !

— J'attends cela avec impatience. Où es-tu, maintenant ? demanda-t-il d'une voix sexy qu'il aurait très bien pu prendre pour dire : « Qu'est-ce que tu portes sous tes vêtements ? »

— Au parc, avec les chiens dont je m'occupe, répondit-elle simplement.

— Alors tu es dog-sitter et journaliste ? dit Ted.

— Et occasionnellement barista, baby-sitter, garde-malade et écrivain public !

— C'est un bon moyen de trouver des sujets de reportage, j'imagine ?

Adelaide sourit. Ses frères voyaient dans ses multiples

activités la preuve qu'elle avait besoin d'être canalisée. Ted y voyait une partie intégrante de sa carrière. Quelle injustice !

— Une voiture viendra te chercher dans trois heures, lâcha Ted.

— Très bien. Merci de m'avoir invitée...

— Je t'en prie.

Sur ces paroles, Ted raccrocha, laissant Adelaide en proie à une folle excitation.

Ses sacs à l'épaule, Adelaide attendait sur le tarmac, le rugissement du moteur et l'odeur du kérosène envahissant ses sens. Quand elle aperçut Ted qui s'avançait vers elle dans son élégant costume gris, elle s'imagina qu'elle était Katharine Hepburn, et lui, Howard Hughes...

Très vite, elle se rappela qu'il s'agissait d'un voyage de travail. Mais elle partait en jet privé, à la plage, avec l'un des célibataires les plus convoités du pays, alors elle pouvait bien se laisser aller à rêver, non ? Juste un peu.

Arrivé à sa hauteur, Ted posa la main sur sa taille et se pencha pour l'embrasser sur la joue. D'instinct, elle ferma les yeux lorsque ses lèvres effleurèrent le coin de sa bouche, puis leurs regards se rencontrèrent.

— Salut...

— Salut.

Avant qu'elle puisse l'en empêcher, Ted tendit la main vers sa valise.

— Merci...

— Après toi, dit-il en désignant l'escalier qui permettait d'accéder à la cabine.

Une fois en haut, Adelaide ne put retenir un cri de

surprise en découvrant l'intérieur de cuir crème et de bois foncé, parfaitement aménagé.

Ted lui présenta Stacey, l'hôtesse chargée de veiller sur eux durant le vol.

— Voulez-vous une coupe de champagne ? demanda celle-ci une fois qu'ils furent installés dans de confortables sièges.

Adelaide secoua la tête.

— Non, merci. Un peu d'eau, ce serait parfait.

Stacey sourit.

— Très bien, je vais vous apporter de l'eau citronnée et un repas léger. Avec M. Fincher comme voisin, vous serez comblée !

Quand elle eut tourné les talons, Ted se pencha vers Adelaide et lui souffla à l'oreille :

— Au cas où j'oublierais de te le dire plus tard, je suis très content que tu sois venue.

Malgré ses efforts pour garder la maîtrise de ses émotions, Adelaide sentit le rouge lui monter aux joues. Puis, les yeux baissés, elle répondit d'un ton poli :

— Je te remercie de m'avoir invitée. C'est le grand luxe !

— En effet, dit Ted en posant la main sur sa nuque. Ce n'est pas bon pour l'empreinte carbone, mais j'apaise ma conscience en me disant que je fais un travail utile à tous.

— C'est certain.

En levant les yeux vers lui, elle perçut son odeur masculine, à la fois fleurie et boisée, et son imagination s'emballa. Que ferait-il si elle l'attirait à elle, et approchait sa bouche de la sienne ?

— Voici votre eau citronn... Oh ! Excusez-moi.

Adelaide se retourna et découvrit Stacey qui, gênée de

les avoir surpris, déposait à la hâte le verre sur son plateau avant de refermer le rideau séparant le cockpit de la cabine.

— Regarde !

Ted leva la tête de son ordinateur et jeta un coup d'œil par le hublot. Ils naviguaient au-dessus d'un tapis de cumulus, un décor paisible qui invitait à la rêverie.

— Qu'est-ce que je suis censé regarder, exactement ?

— Le bleu insensé de ce ciel ! Les nuages parfaits. C'est merveilleux ! murmura-t-elle, aux anges.

— En effet, c'est un décor magique, répondit Ted.

Quand il tentait de voir le monde avec ses yeux, il le trouvait beaucoup plus beau, songea Ted, ému.

Lorsqu'il entendit Adelaide soupirer, il se tourna vers elle. Ses yeux brillaient d'excitation.

— Désolée, dit-elle en grimaçant, tu travaillais. Et je me suis promis de ne pas te déranger.

— Ne t'inquiète pas. Tu pourras m'interviewer longuement après la visite du laboratoire. C'est même prévu au programme de cette journée.

Elle lui jeta un regard étonné.

— Vraiment ?

Ted sortit son téléphone et lui montra son planning. Lorsqu'elle se pencha vers lui, ses jambes heurtèrent les siennes. Comme il ne bougeait pas, elle fit mine de ne pas l'avoir remarqué, et sortit de son sac une petite boîte qu'elle posa devant lui, sur la tablette.

— Je veux m'assurer que ta glycémie soit bonne avant de commencer cette réunion.

— Dis-moi que c'est un muffin !

— Framboise et chocolat blanc.

Il souleva le couvercle, prit une bouchée et laissa échapper un soupir de plaisir.

— Pour un homme qui n'a jamais trop aimé les sucreries, je commence à m'y habituer !

Elle sourit.

— Tu évolues. C'est une bonne chose, tu sais ?

Il rit, puis se concentra de nouveau sur l'écran de son ordinateur. Et, si leurs jambes se frôlèrent encore plusieurs fois pendant le vol, chacun fit mine de ne pas l'avoir remarqué.

Après s'être rafraîchis à l'hôtel, où Adelaide occupait une chambre luxueuse, ils se rendirent directement au laboratoire. En enfilant une blouse par-dessus son pantalon et son chemisier à col montant, elle songea aux consignes que lui avait rapidement données Hadley lors d'un appel en visio : elle devait se faire discrète, et ne rien révéler au public de ce qu'elle allait voir. Intriguée, elle suivit la douzaine d'autres personnes qui participaient à la visite, et découvrit un laboratoire hors du commun, à la pointe de la technologie.

Elle observa Ted. Elle l'avait regardé travailler avec ses ordinateurs sophistiqués, l'avait entendu parler au téléphone, avec ses collaborateurs, mais ici il était différent. Il semblait totalement dans son élément, et savourait son succès. Les gens sortaient de leur bureau pour le rencontrer, l'interrogeant sans arrêt, désireux d'en savoir plus à son sujet.

Il posait des questions pointues, approfondissait les réponses qu'on lui donnait, sans retenue. Il suivait les propriétaires du laboratoire dans leur propre espace comme s'il le possédait déjà. Au cours des dernières semaines, elle avait oublié que c'était la raison pour laquelle elle avait souhaité l'interviewer. Pas seulement parce qu'il était un séduisant milliardaire que le public voulait mieux connaître, mais parce que c'était un homme important. Son travail était révolutionnaire, et son temps, infiniment précieux. Car Ted Fincher avait pour ambition de sauver le monde !

Ses petits rêves de bonheur n'étaient rien comparés aux siens, songea soudain Adelaide. Pourtant, même s'ils étaient modestes, ses rêves étaient importants à ses yeux. Elle s'était battue pour les réaliser et semblait sur le point d'y parvenir. Mais ce n'était pas parce que Ted Fincher appréciait ses muffins et avait accepté son cactus qu'il était prêt à changer, ou était capable d'envisager son avenir différemment.

Sa voie était tracée et il n'en dévierait pas. Croire le contraire ne lui apporterait que du chagrin. Prise d'une tristesse soudaine, Adelaide s'éloigna discrètement du groupe et retourna à l'extérieur, sous le soleil éclatant du bord de mer. Elle s'assit sur un banc près d'une fontaine pour attendre la fin de la visite, puis elle retira son masque et ses gants et consulta son téléphone. Il y avait un message de Georgette et un autre de son frère aîné, Brad.

Je t'ai appelée au travail. Et on m'a dit que tu étais partie. Où diable es-tu, petite sœur ?

6

Plus tard dans la soirée, Adelaide contemplait la vue imprenable sur l'océan depuis la terrasse de sa suite. Une demi-lune jetait une lumière argentée sur la crête des vagues, et peignait de bleu l'horizon.

Son appel téléphonique avec son frère s'était déroulé à peu près comme elle s'y attendait. Il l'avait questionnée sur son article, avant d'insister pour qu'elle vienne au déjeuner de dimanche, sans même lui demander comment elle allait.

Quant à sa conversation avec Ted, elle l'avait laissée perplexe. Inquiet de l'avoir vue quitter le groupe de visiteurs, il n'avait pas cherché à en savoir plus, se contentant de l'inviter à dîner pour clore leur série d'entretiens.

Il avait choisi une brasserie toute simple, avec des lumières tamisées, comme s'il avait su qu'elle avait besoin d'une ambiance feutrée. Tout en dégustant un plat de poisson, elle l'avait interrogé sur ses ambitions, avec un grand professionnalisme. Pas une seule fois ils n'avaient flirté, prenant soin de ne se toucher à aucun moment...

Tout s'était bien passé, et pourtant, maintenant, sur le balcon de la plus suite la plus glamour de la plage, une légère brise salée jouant sur sa peau, elle se sentait un peu morose. Demain, elle devrait dire adieu à Ted...

— Hé…, dit une voix surgie de nulle part.

Adelaide tourna la tête et découvrit Ted, à quelques mètres d'elle.

— Tu es sur mon balcon ?

— C'est un balcon commun, en fait, dit-il en désignant la pièce, derrière lui. Nos suites sont communicantes.

Comme il faisait mine de s'éloigner, elle souffla :

— Reste…

Il s'approcha. Il avait l'air détendu et, avec la brise légère qui jouait dans ses cheveux auburn, il était plus séduisant que jamais. Et totalement inaccessible. Il ne voulait rien de ce qu'elle désirait le plus dans sa vie, et n'était clairement pas le compagnon qu'il lui fallait. Il n'était pas du tout fait pour elle. Tout cela, elle le savait ; cependant, elle lui fit signe de s'approcher encore.

Lentement, Ted passa devant un petit bassin privé. Vêtu d'un vieux jean et d'un T-shirt kaki, pieds nus, il n'avait plus rien du capitaine d'industrie qu'elle avait vu cet après-midi. Le cœur d'Adelaide se mit à battre follement.

— Tu as fini de travailler ? demanda-t-elle.

Il se passa une main sur le visage.

— Pour l'instant. Malheureusement, lorsque l'on dirige une entreprise internationale, on ne s'arrête jamais vraiment de travailler.

— Je pourrai citer cette phrase dans mon article ?

Il tourna vers elle un visage inquiet.

— Non, surtout pas ! C'est un peu prétentieux, je le crains…

— Je comprends. De toute façon, j'ai assez d'éléments pour écrire un article complet et bien documenté.

— En avons-nous vraiment terminé avec ces entretiens ? demanda-t-il.

— Je pense. Je réglerai les derniers détails avec Hadley. Je t'ai pris plus qu'assez de ton temps...

Un long silence se fit entre eux, qu'elle rompit la première, incapable de refréner les mots qui sortaient de sa bouche.

— Je suis très heureuse d'avoir pu faire ta connaissance, Ted, et je tiens à te remercier de t'être rendu disponible pour réaliser cette série d'entretiens...

Sa main, qu'elle avait posée sur son cœur, s'approcha de la sienne. Elle l'arrêta juste à temps, mais Ted enroula ses longs doigts autour de son poing serré, qu'il posa délicatement sur sa poitrine.

— Tu le sens ? demanda-t-il d'une voix rauque.

— Si tu veux parler de ton pectoral gauche, il est impressionnant, lança-t-elle pour tenter de masquer son trouble.

— Addy..., souffla-t-il.

Ses doigts se mêlèrent aux siens, qu'il garda tout contre son cœur. Celui-ci battait aussi fort que le sien, et bientôt elle sentit son propre pouls envahir ses tempes, sa gorge, son ventre...

— Mon cœur ne bat plus tout à fait de la même façon depuis que tu es entrée dans ma vie, murmura-t-il, soudain sérieux. Au début, j'ai essayé d'expliquer scientifiquement ma perte d'appétit, mes insomnies, mon esprit vagabond. Mais les taux de dopamine et de norépinéphrine supérieurs à la normale n'expliquent pas tout, même si ces hormones jouent un rôle important dans ce qu'on appelle l'alchimie...

Il eut un petit rire, puis posa sur elle son regard noir et brûlant. Il ne se laissait pas décourager, et savait à merveille tromper sa résistance. Elle n'avait pas besoin de revendiquer sa place dans sa vie, comprit-elle, car il était tout à fait disposé à partager. Saisie d'une audace soudaine, elle demanda :

— Es-tu en train de me dire que tu es attiré par moi, et de me demander si tes sentiments sont réciproques ? Parce que je pense que le fait que je t'ai embrassé, l'autre jour, pourrait te fournir un indice...

Elle sentit sa main glisser dans ses cheveux.

— Dis-moi ce que tu ressens, dit-il, suffisamment près pour que son souffle effleure son oreille.

L'esprit embrumé, elle se força à garder les yeux ouverts.

— Je ressens... tout ce que tu ressens.

Il sourit, et elle se sentit fondre.

— Puis-je vous embrasser, Adelaide Adams ?

— Es-tu toujours aussi poli avec les femmes ? dit-elle en faisant courir sa main libre dans son dos.

— Pas toujours...

Il se pencha et prit ses lèvres. Alors que leur premier baiser avait été doux, tendre et délicat, celui-ci était passionné, dévastateur...

Agrippée aux épaules de Ted, Adelaide lui répondit avec fougue, avant de glisser les mains sous son T-shirt et de caresser sa peau douce et chaude, appréciant la fermeté de ces muscles qu'elle rêvait de toucher depuis si longtemps.

Avec un gémissement de plaisir, il la souleva et elle enroula les jambes autour de ses hanches, pressée de lui appartenir.

C'est alors qu'un signal d'alerte se déclencha dans sa tête, la rappelant à la raison : elle n'était pas censée faire cela. Elle n'était pas censée l'embrasser, ni éprouver pour lui ce genre de sentiments...

— Attends, souffla-t-elle en se dégageant de son étreinte.

Tendu comme un arc, il l'attira de nouveau à lui, refusant de la laisser s'éloigner. Vaincue, elle agrippa ses biceps et, enfin, s'abandonna à son étreinte. Elle le désirait de toute son âme, et leur union était aussi dangereuse qu'inéluctable...

Et puis qui avait dit qu'elle devait être irréprochable, et n'avait pas le droit de faire des erreurs ? songea-t-elle pour justifier sa faiblesse.

— Continue, murmura-t-elle, les yeux clos.

Elle se pencha en arrière, juste assez pour faire passer son T-shirt par-dessus sa tête, et le jeta par-dessus son épaule. Puis elle glissa sa main dans ses cheveux.

— Prends-moi, Ted...

Il ne se fit pas prier, et bientôt il l'entraînait dans sa suite et la faisait basculer sur son lit.

Dans un soupir, Adelaide tenta d'ouvrir les yeux, mais la lumière était trop violente, le matelas, trop confortable, et les bras de Ted la serraient trop fort. Soudain, elle perçut le clapotis des vagues, sur la plage, le brouhaha de la circulation en contrebas, et le souffle chaud et régulier de Ted sur son épaule...

Enfin, c'était arrivé. Après des semaines passées à tenter de cacher l'attirance qu'elle éprouvait pour Ted, elle s'était donnée à lui sans retenue, dans une étreinte si sensuelle et si passionnée qu'elle se sentit rougir en se rappelant ses mains sur son corps, sa peau tout contre la sienne, ses caresses expertes...

Elle se mordit la lèvre pour retenir un soupir. Heureusement qu'ils s'étaient protégés, car elle ne prenait pas la pilule et la dernière chose qu'elle souhaitait était une grossesse accidentelle. Même si elle-même et ses frères étaient tous le fruit d'une nuit de folie – du moins était-ce ce que sa mère leur avait raconté.

Adelaide ouvrit complètement les yeux. Une bonne douche et elle serait prête à affronter ce qui allait suivre, songea-t-elle. Mais elle eut beaucoup de mal à s'extraire du lit, car Ted, dans un demi-sommeil, fit tout pour la retenir, le bras enroulé autour de sa taille, la main posée sur son sein...

Grâce à force contorsions, elle parvint tout de même à se libérer et, assise sur le bord de l'immense lit, le regarda un instant dormir, une mèche de cheveux lui cachant la moitié du visage. Sa mâchoire n'était pas crispée, ses traits étaient détendus, comme si cette nuit avait été une trêve dans son labeur acharné...

Le cœur battant à tout rompre, Adelaide se leva, se précipita sur sa valise pour y prendre des vêtements avant d'aller se réfugier dans la salle de bains, ne reprenant son souffle qu'une fois la porte fermée derrière elle. Peut-être s'était-elle montrée imprudente en pensant sortir indemne de cette nuit passée dans ses bras. Peut-être en payerait-elle les conséquences un jour ou l'autre ? Et s'il en était de même pour Ted ?

Malgré toutes les questions qui la torturaient, elle savait, tout au fond d'elle-même, qu'elle ne regretterait jamais sa nuit avec Ted Fincher. Pas un instant. Et elle n'avait pas vraiment peur de se retrouver en tête à tête avec lui. Au contraire, même, elle avait hâte, songea-t-elle en savourant la caresse de l'eau tiède sur sa peau.

Hélas, quand elle sortit de la salle de bains, Ted était parti, et lui avait envoyé un texto pour lui dire qu'il avait un rendez-vous de travail et lui demander d'être prête à partir à 8 heures, car leur vol avait été avancé. Il l'informait aussi que deux des directeurs du laboratoire les rejoindraient sur le vol de retour.

Dans la voiture qui les conduisait vers son domicile, Ted consultait ses mails tandis qu'Adelaide, tendue par le manque de sommeil, faisait semblant de s'intéresser au paysage qui défilait par la vitre afin d'oublier que quelques heures auparavant elle était nue dans ses bras...

Elle sursauta quand le téléphone vibra, et découvrit plusieurs messages de Georgette, qui lui demandait de la rappeler. Comme la voiture approchait de sa rue, elle indiqua son adresse au chauffeur.

— C'est juste là, sur la droite. La maison avec un portail vert.

— Tu es arrivée ?

En se tournant, elle découvrit Ted qui la regardait, aussi détendu que ce matin, lorsqu'il s'était réveillé.

— Oui, répondit-elle.

Alors que le chauffeur tournait vers son allée, Ted se pencha vers elle, regarda par la fenêtre et murmura :

— Je suis désolé que nous n'ayons pas eu le temps de discuter un peu, ce matin. J'espérais passer un moment avec toi...

— Pas grave ! lança-t-elle en ouvrant sa portière avant même que la voiture se soit immobilisée. C'était un voyage d'affaires, et tu as été très sollicité...

Elle descendit de la voiture pour prendre sa valise dans le coffre, mais il la devança.

— Addy...

Lorsque le coffre se referma, Ted lui sourit, les mains enfoncées dans les poches de son pantalon. Le soleil jouait dans ses cheveux, créant une sorte de halo doré autour de son visage. Comme elle se débattait avec ses sacs, il l'aida à ajuster les bandoulières sur son épaule.

— Merci encore de m'avoir ouvert les portes de ton entreprise, de ta vie. Ce fut un privilège.

Il acquiesça d'un signe de tête.

— Tout le plaisir était pour moi.

Comme il gardait le silence, elle se tourna vers sa maison, s'attendant à voir les rideaux bouger. Oui, Ted était un homme de peu de mots, mais elle aurait aimé qu'il en trouve quelques-uns pour lui dire adieu. Lesquels ? Elle refusait d'en imaginer, de peur qu'ils ne la hantent dès qu'elle s'éloignerait de lui.

Lorsqu'elle jeta un coup d'œil en arrière pour lui dire au revoir, Ted fit un pas dans sa direction. Tout à coup, elle sentit sa main sur sa nuque, sa bouche sur la sienne. Il l'embrassait en pleine rue, au vu et au su de tout le monde !

Adelaide lâcha ses sacs et se hissa sur la pointe des pieds pour lui rendre son baiser. Tandis qu'elle le serrait contre lui à l'étouffer, elle entendit son téléphone vibrer. Son travail le rappelait à l'ordre.

— Tu ferais mieux d'y aller, dit-elle en s'écartant doucement de lui.

Il acquiesça en silence puis, avec un dernier sourire ravageur, il contourna la voiture, se glissa sur la banquette arrière et disparut.

7

Tandis que Hadley et Ronan parlaient budgets, voyages et gala de charité, Ted se laissa tomber dans le vieux fauteuil de son père, qui trônait au bout de la longue table de réunion de Big Think, et fit tourner sa montre autour de son poignet. La vie avait rapidement repris son cours habituel après le voyage en Floride. Ce qui signifiait qu'il devait s'occuper de dix-sept projets différents qui exigeaient soudain son attention de chaque instant, lire des rapports et chercher des financements... Son travail avait beau être passionnant, il avait du mal à se concentrer, et avait l'impression que ses journées duraient une éternité.

Adelaide ne lui avait pas donné signe de vie depuis qu'ils s'étaient quittés, sur le pas de sa porte. Elle lui avait clairement fait comprendre qu'elle avait besoin de temps pour peaufiner son article, et qu'elle le contacterait si elle avait besoin de lui. Ce qu'elle n'avait pas fait jusqu'à maintenant. Or elle lui manquait. Son sourire, son côté désordonné, son énergie lui manquaient tellement qu'il y pensait sans cesse, et que son absence provoquait en lui une espèce d'inconfort. Il savait pourquoi, car il avait fait des recherches. L'ocytocine et la vasopressine circulaient dans son organisme, dont elles maintenaient le volume sanguin et la température interne. Ces hormones modifiaient également son rythme circadien, troublant son sommeil. C'était « la phase d'attachement », comme disaient les scientifiques.

Il se prit le visage dans les mains. Que faire, maintenant qu'il l'avait laissée filer ? Quel choix lui restait-il, puisqu'il n'avait pas su saisir sa chance, faute de pouvoir lui faire une place dans sa vie ?

Adelaide était entrée dans son univers et l'avait profondément bouleversé. Elle vivait selon ses propres règles. Malgré ses symptômes, c'était une femme indépendante et sûre d'elle-même. Mais elle était aussi très opiniâtre, déterminée à affirmer son indépendance. Comme lui, finalement, songea-t-il. Elle connaissait parfaitement ses ambitions, ses limites, et pourtant elle lui avait ouvert les bras...

— Alors, ce portrait, il est bientôt terminé ? lança Ronan.

Ted leva vers son ami un regard hébété puis, après avoir remis ses lunettes sur son nez, il se redressa.

— Oui, enfin... je crois.

— On va pouvoir se remettre au travail, alors !

Ted se hérissa, même s'il était habitué à l'attitude directe de Ronan.

— Je pense que je suis capable de passer du temps avec une femme et de régler les affaires courantes en même temps ! répliqua-t-il, piqué au vif.

— Ainsi, tu avoues qu'il s'est passé quelque chose entre vous ? lâcha Ronan.

— Ah bon ? dit Hadley d'un air faussement innocent.

Ronan posa sur lui un regard inquisiteur.

— Tu me caches quelque chose ?

Prêt à rétorquer, Ted fit face à son ami.

— Arrêtez, tous les deux ! lança Hadley en levant les yeux au ciel. Ronan, ce que chacun de nous fait durant son temps libre ne vous regarde pas ! Ted n'est pas marié à cette entreprise, et je vous rappelle qu'on est samedi, aujourd'hui… Si chacun rentrait chez soi pour se reposer jusqu'à lundi matin ?

Ted se leva d'un bond.

— Excellente idée !

Et il sortit du bureau, plantant là son associé et leur assistante.

Adelaide fit pivoter d'un demi-tour son cactus placé sur le rebord de la fenêtre, afin qu'il puisse bénéficier d'un peu de soleil. La voix de Sinatra dans ses écouteurs lui permettait d'ordinaire de rester concentrée sur sa tâche, mais pas aujourd'hui. En fait, elle essayait désespérément depuis une semaine de terminer son article sur Ted. En vain. Et les appels incessants de ses frères n'arrangeaient rien !

Elle se sentait mal dans sa peau. Fatiguée. L'esprit embrumé. Elle avait rédigé un premier jet, qui contenait toutes les informations nécessaires, mais il manquait le squelette, l'âme du texte…

Elle pensait tellement à Ted qu'elle n'arrivait plus à écrire. Elle se connaissait suffisamment pour savoir que céder à la tentation en l'appelant ne servirait à rien. Il avait respecté son souhait quand elle lui avait demandé de ne pas la contacter, contrairement à d'autres personnes de son entourage, qui ne tenaient aucun compte de ses désirs. De plus, il ne lui avait jamais rien promis. Elle seule s'était fait des illusions, et il était grand temps de les abandonner !

— Adelaide !

Elle retira les écouteurs de ses oreilles et regarda par-dessus son épaule.

Un crayon entre les lèvres, Georgette lui montra la page Instagram de Big Think, ouverte sur son écran géant.

— Sur quoi travailles-tu ? demanda Adelaide.

— Oh ! sur rien... J'essaye de trouver un moyen de t'aider, c'est tout.

Adelaide se frappa le front.

— Merci, mais je suis complètement bloquée, je crois. J'ai tout essayé, et pris le problème par tous les angles. En vain ! Rien ne marche !

— Même pas l'angle plus... intime ?

Adelaide se sentit rougir.

— Je ne vais tout de même pas révéler au monde entier qu'il a un grain de beauté près du nombril !

Georgette sourit.

— Dommage. Ce serait un beau scoop !

— Pourtant, Ted est un bon client, comme disent les journalistes. Il a beaucoup de choses à raconter, et c'est un personnage attachant ! Si seulement je trouvais le moyen de donner une forme à tout ça, cet article pourrait défrayer la chronique !

— Quel est le problème, alors ?

— Je lui ai demandé de me laisser du temps pour finir d'écrire. Et il a fait ce que je lui avais demandé.

— Le salaud !

Adelaide rit, bien malgré elle.

— C'est ridicule, n'est-ce pas ?

— On peut faire un brainstorming, si tu veux... ? proposa Georgette.

Le problème, c'était qu'elle avait pris goût à ses discussions avec Ted, et que c'était avec lui qu'elle voulait parler. Avant, elle lui envoyait des articles dont elle pensait qu'ils pourraient l'intéresser, sachant que, comme elle, il était debout à des heures indues, et toujours prêt à échanger...

Adelaide jeta à son amie un regard dubitatif.

— Je ne sais pas si ça pourrait marcher. Je ne peux pas écrire sur lui parce qu'il me manque.

— Ah... Appelle-le, alors ! Invite-le à dîner, ou emmène-le au cinéma...

Alors qu'elle fermait les yeux pour mieux s'imaginer assise avec Ted dans une salle obscure, on frappa à la porte d'entrée.

— Je vais ouvrir ! s'écria Georgette en bondissant de sa chaise. C'est sûrement ma livraison !

Ce n'était pas un livreur, comprit Adelaide en découvrant Ted sur le perron, vêtu d'un jean qui lui tombait sur les hanches et d'un T-shirt blanc. Cela faisait près de deux semaines qu'il l'avait déposée chez elle. Près de deux semaines qu'ils ne s'étaient pas parlé. Et le désir ardent qui l'envahit à sa vue lui donnait le tournis.

Il chercha son regard.

— Addy... Je peux entrer ?

Georgette répondit à sa place, puis s'effaça pour le laisser entrer.

En le voyant s'avancer dans l'entrée, Adelaide songea à la vaisselle empilée dans l'évier et au vieux T-shirt qu'un de ses frères lui avait offert pour Noël un million d'années auparavant. S'était-elle au moins coiffée, ce matin ?

— Je te présente Georgette Gallagher, ma meilleure amie, dit Adelaide en secouant la tête pour se ressaisir.

— Enchanté, dit Ted en tendant la main.

— Georgette travaille dans la communication, et c'est elle qui m'a aidée à décrocher les entretiens que nous avons menés ensemble.

— Comment ça ? demanda Ted.

— C'est une longue histoire, dit Georgette. Disons que l'agence dans laquelle je travaille m'a chargée d'établir le « Top ten des milliardaires les plus sexy de moins de quarante ans », et que vous étiez sur la liste...

Georgette se tourna vers Adelaide, l'encourageant à prendre le relais.

— Après, j'ai fait quelques recherches sur toi, dit Adelaide, les joues empourprées.

— Pourquoi moi ?

— Eh bien... il y avait plusieurs profils intéressants, et nous avons tiré au sort...

Il éclata de rire.

— Ensuite, mon patron m'a donné le feu vert dans la journée ! lança Georgette.

— Je comprends..., dit Ted d'un air songeur, le regard fixé sur Adelaide.

Georgette disparut dans le bureau, puis en ressortit quelques instants plus tard avec son ordinateur portable.

— J'allais partir... Ravie de vous avoir rencontré, Ted.

Elle fit un geste de la main vers Adelaide, avant de sortir et de refermer la porte derrière elle, les laissant tous deux dans un silence pesant.

— Je te fais visiter ? proposa Adelaide.

— Bien sûr...

— Ce n'est sans doute pas aussi luxueux que chez toi, dit-elle en le faisant entrer dans la jolie petite cuisine qui lui avait fait choisir cet endroit.

Puis, comme il faisait mine de s'intéresser à la décoration, elle demanda :

— Pourquoi es-tu venu, Ted ?

Elle avait besoin de savoir. Besoin de l'entendre dire les mots.

— J'ai oublié des points importants ? Un hobby, un souvenir d'enfance ?

Tout à coup, il lui saisit le poignet et planta ses yeux dans les siens.

— Ronan aimerait que tu mentionnes notre projet d'énergie éolienne en Tasmanie.

Le souffle court, elle répondit :

— Dans ce cas, je n'oublierai pas la Tasmanie...

Ted la poussa doucement contre le mur, et elle sentit la chaleur de son grand corps contre le sien.

— Tu m'as demandé d'attendre, dit-il, et j'ai attendu. Très longtemps. Assez longtemps.

Il posa les mains sur le mur, au-dessus de ses épaules.

— Si tu veux que je parte, murmura-t-il tout contre sa bouche, il faut me le dire maintenant...

Elle remarqua la barbe de trois jours, sur ses joues. Se pouvait-il qu'il ait été aussi distrait qu'elle, aussi... torturé ?

— Je suis contente que tu sois venu, s'entendit-elle déclarer, mais qu'attends-tu de moi, Ted ? Qu'est-ce que tu espères ? Jusqu'à preuve du contraire, je ne suis pas le genre de fille qui couche avec un homme et qui ne l'appelle pas pendant deux semaines.

Sa mâchoire se crispa, et il la dévisagea avec attention.

— J'étais au beau milieu d'une réunion et soudain je me suis retrouvé en route pour chez toi ! Cela ne m'arrive pas, d'habitude. Je ne rencontre pas des gens comme toi tous les jours, non plus…

Elle laissa échapper un soupir et leva la main comme pour se protéger, et se donner une dernière chance de l'arrêter. Mais Ted, lui, avança d'un pas, comblant l'espace qui les séparait encore. Puis son genou frôla le sien.

— Qu'est-ce que ça te fait, de savoir que je ne peux pas passer une journée, une heure, sans imaginer ce que j'aimerais faire quand je te reverrai ? demanda-t-il d'une voix rauque.

— Montre-moi…, souffla-t-elle.

Comme s'il n'attendait que son signal, Ted se pencha pour prendre sa bouche en un baiser brûlant. Et, comme par magie, le sentiment de manque qu'elle avait éprouvé durant ces deux dernières semaines disparut. Adelaide était perdue !

Sa chaleur, son souffle, le poids de son corps lové contre le sien lui procurèrent un sentiment d'ivresse qu'elle n'avait encore jamais éprouvé. Ce moment était si beau, si intense, qu'elle sentit son cœur près de déborder. Lorsque Ted s'écarta d'elle, elle gémit, cherchant sa bouche.

Quand elle sentit sa main sur sa joue, ses doigts dans ses cheveux, et sa bouche de nouveau sur la sienne, elle crut fondre de plaisir. Adossée au mur, elle dut faire appel à toute sa volonté pour ne pas lui arracher sa chemise et tous ses vêtements…

— Je suis venu te demander si tu voulais sortir avec moi. Pour un vrai rendez-vous. Un dîner ? Un verre ? Un film ? Tout cela à la fois ? Il y a une rétrospective Hitchcock pas loin d'ici...

— Oui !

— Oui ?

Elle acquiesça dans un éclat de rire, incapable de contenir la joie qui l'envahissait.

— Tu veux dire... tout de suite ?

— Absolument. Si tu es d'accord.

La réponse résonna dans sa tête, claire comme de l'eau de roche. Elle désirait Ted. De toute son âme. Elle voulait s'endormir et se réveiller dans ses bras. Mais, cette fois-ci, elle ne voulait pas penser à l'avenir. Pas maintenant.

Elle s'écarta du mur et tendit la main. Quand Ted posa sa paume sur la sienne, elle l'entraîna jusqu'à sa chambre.

Ted se réveilla à plat ventre dans un lit trop petit. En ouvrant un œil, il vit une lampe rose à franges et une biographie de Judy Holliday, puis, en arrière-plan, du papier peint à fleurs, un fauteuil en osier couvert de vêtements, et une petite armoire dont les portes étaient ouvertes sur un fouillis de costumes, de robes, de chapeaux et de chaussures.

Ted se leva sans bruit, et s'habilla pour aller retrouver Adelaide dans sa cuisine. Le soleil matinal qui se déversait par la fenêtre faisait briller ses cheveux dansant sur ses épaules. D'une main, elle tenait une énorme tasse de thé, de l'autre, son téléphone, et il se sentit fondre rien qu'en la regardant.

— Bonjour, dit-il d'une voix rauque.

Elle sursauta et renversa un peu de thé.

— Veux-tu du café ? Je n'en avais pas envie ce matin, ce qui est très bizarre, mais j'en ai fait pour toi.

Il s'approcha d'elle et lui souleva doucement le menton pour l'embrasser sur la bouche.

— Qu'as-tu prévu de faire aujourd'hui ? demanda-t-il en prenant la tasse qu'elle lui tendait.

— Rien de spécial. Tu as besoin d'aide ? Tu as dit que ton appartement n'était pas aussi accueillant que le mien. Je peux t'aider à choisir un tapis ?

— Un tapis ?

— À moins que tu n'aies une équation à résoudre ou une maladie à éradiquer ?

Elle avait l'air de plaisanter, mais au ton de sa voix il comprit qu'elle était stressée par quelque chose. Cette fois, il savait que ce n'était pas lui qui était en cause.

— Tu veux me dire ce qui se passe ?

Elle grimaça.

— J'ai un déjeuner de famille auquel j'aimerais bien échapper.

Ted se remémora les rares les fois où elle avait parlé de sa famille. En effet, elle avait mentionné les déjeuners dominicaux, auxquels étaient présents ses neveux et nièces, et tous ses frères, bien sûr.

— Les déjeuners en famille te déplaisent ?

En tant qu'enfant unique, il songea qu'il aurait apprécié ce genre de réunion, dans sa jeunesse.

— Non. Nous mangeons trop et nous rions beaucoup. Mais je n'arrive pas à échapper à l'interrogatoire de mes frères, qui profiteront de l'occasion pour me demander des nouvelles de ma santé, de ma situation financière, de ma carrière, de ma vie…

— Qu'est-ce qui ne va pas dans ta vie ?

— Rien du tout ! s'écria Adelaide sur un ton qui démentait son propos.

— Tu ne peux pas simplement refuser ?

— Refuser un déjeuner ?

Adelaide s'esclaffa, puis claqua des doigts.

— C'est vrai. Tu es fils unique...

— C'est vrai, dit-il d'une voix basse et douce. Mais, comme je connais Ronan et Sawyer depuis l'âge de dix-sept ans, j'ai une petite idée de ce que c'est.

Il marqua une pause, puis ajouta :

— Bien qu'acheter un nouveau tapis soit une excellente idée, il faut envisager un plan B. As-tu besoin de compagnie ? D'un garde du corps ? De quelqu'un pour porter ton sac à main ?

Elle posa ses grands yeux verts sur lui.

— Tu veux m'accompagner à ce déjeuner ? Il y aura mes frères. Et leur femme. Et leurs enfants.

— Et à manger aussi, n'est-ce pas ?

— Oh oui !

— Tu sais que j'adore manger.

Adelaide laissa échapper un soupir de découragement.

— Merci pour ta proposition, Ted. Mais je crains que mes frères ne te mangent tout cru.

— Brad, Jake, Bill et Sid ?

Elle leva vers lui un regard ébahi.

— Tu te souviens de leur prénom ?

— J'ai une bonne mémoire. Je me rappelle aussi les films correspondants. Ne t'inquiète pas, tes frères ne me font pas peur.

Elle éclata de rire.

— Je suis sûre que tout le monde t'apprécierait. Tu es costaud, viril. C'est juste que… je n'ai jamais amené un homme à un déjeuner de famille.

La phrase resta quelques instants en suspens, jusqu'à ce que Ted la prenne par la main pour l'attirer dans ses bras.

— Ils feront des suppositions…

— Et alors ?

Les yeux d'Adelaide se rivèrent aux siens, mais elle ne laissa rien paraître. Puis, tout à coup, un sourire apparut sur son visage, tel un rayon de soleil dans une journée nuageuse.

— Es-tu libre, au moins ?

— Oui.

Il mentait. Il n'était pas libre, et ne l'avait jamais été. Pas depuis qu'il s'était fait une promesse, et avait fait la même à ses amis, dès l'âge de dix-neuf ans. Pourtant, il n'était pas prêt à la quitter.

Pas encore.

Jamais, gronda une voix dans sa tête.

Il fit un pas vers elle, enroula une boucle de ses cheveux blonds autour de son doigt, puis se pencha pour l'embrasser. Alors que ses lèvres effleuraient les siennes, il s'arrêta :

— À quelle heure est prévu le déjeuner ?

— À l'heure du déjeuner.

— Quelle heure est-il ?

— À peine l'heure du petit déjeuner.

Ted ouvrit grand les bras, et elle s'y réfugia. S'ils arrivaient à temps pour le déjeuner, ce serait un miracle.

8

Sous le porche de son frère Brad, son sac d'ailes de poulet marinées à la main, Adelaide voulait frapper, mais sa main demeurait immobile. Cela faisait des semaines qu'elle n'avait pas assisté au déjeuner du dimanche, peu désireuse de faire face aux questions toujours plus insidieuses de sa famille.

Comme s'il sentait sa tension monter et voulait lui montrer sa présence, Ted se rapprocha d'elle. Son pouce effleura le dos de sa main, et elle se calma aussitôt. Puis une foule d'émotions l'envahit : désir, adoration, gratitude, émerveillement, incrédulité, panique... Elle crut que ses jambes allaient se dérober. Ce n'était pas le moment de se montrer vulnérable. Elle s'apprêtait à entrer dans la fosse aux lions et, si ses frères sentaient l'odeur du sang, ce serait l'enfer pour elle !

Elle serra la main de Ted, puis la lâcha pour frapper. Jake ouvrit, un bébé sur la hanche et un bambin agrippé à sa jambe.

— Dieu merci, tu es venue ! lança-t-il. Prends-le...

Il saisit la main du bambin accroché à sa jambe et la tendit à Adelaide, qui se pencha pour embrasser l'enfant.

En découvrant Ted, Jake eut un mouvement de recul.

— Tu as amené un mec ? C'est gonflé !

Il tendit le bébé à Ted, puis se retourna et cria à la cantonade :

— Hé, vous entendez ? Addy a amené un mec !

Adelaide se tourna vers Ted, qui tenait le bébé à bout de bras, les yeux écarquillés. Cette scène aurait été comique si elle ne lui avait pas serré le cœur, lui rappelant qu'elle et lui n'avaient pas les mêmes aspirations.

— Ça va, Ted ? demanda-t-elle.

Ted hocha la tête, mais son regard était suppliant.

— Oui. Très bien.

Puis, enfin, il sortit de sa transe et cala le bébé sur sa hanche.

— Qui est-ce ?

— Je te présente Bianca, la plus jeune fille de mon frère Brad. Il y a une douzaine d'autres enfants à l'intérieur. Tu veux toujours rencontrer ma famille ?

Ted se pencha lorsque Bianca leva sa main potelée vers ses lunettes pour la laisser toucher, frapper, tirer...

— Je suis en train de revoir mes attentes.

Adelaide, elle, faisait tout ce qui était en son pouvoir pour ne pas modifier les siennes. Mais, en voyant Ted sourire à la petite Bianca, elle se sentit réconfortée. Il ferait un si bon père ! Patient, et si attentionné ! Il protégeait ceux qu'il aimait. Elle l'imaginait en train de faire des recherches sur les poussettes et les pédiatres, d'installer une crèche à Big Think. Après tout, il y avait des étages entiers disponibles dans le bâtiment.

Ted lui jeta un coup d'œil perplexe, mais elle détourna le regard dans l'espoir qu'il n'aurait pas le temps de lire la déception sur son visage.

— Allez, on y va ! Personne ne peut vous frapper quand vous tenez un bébé dans les bras, alors c'est parfait, tu ne crains rien.

Sur ce, Adelaide entraîna Ted dans le couloir, saluant ceux qu'elle croisait sur son passage. Betty, la femme de Brad, s'approcha pour soulager Ted et reprendre sa fille, tandis que Joey s'élançait vers ses cousins.

Ils arrivèrent à la cuisine en un seul morceau. Toute la famille Adams s'affairait autour de la table pour y déposer une quantité de nourriture supérieure à ce qu'un foyer mangeait en une semaine.

— Salut, tout le monde ! Je vous présente Ted, cria Adelaide.

— Salut, Ted ! dit Sally, la petite amie de Sid, en prenant le sac d'ailes de poulet qu'on lui tendait, avant de lancer à Adelaide un regard approbateur.

Adelaide fit alors signe à Ted de la suivre jusqu'à l'évier. Là, ils se lavèrent les mains, car les enfants y avaient laissé des traces collantes.

Il ouvrit le robinet et elle déposa un peu de savon liquide dans sa paume. Côte à côte, ils se frottèrent les mains assez longtemps pour pouvoir pratiquer une opération chirurgicale. Quand il eut terminé, Ted utilisa le torchon pour s'essuyer avant de le lui passer, puis il lui sourit enfin. Son visage était suffisamment proche pour qu'elle puisse distinguer les fines rides qui entouraient ses yeux. Adelaide se rendit compte à quel point elle aimait les moments où ils étaient seuls tous les deux, dans leur bulle, à imaginer ce qu'il se passerait si...

Si quoi, au juste ? S'ils étaient ensemble et formaient un vrai couple ? S'ils se laissaient aller à rêver d'un avenir commun : vivre ensemble, dîner ensemble, voyager ensemble, se blottir ensemble sur le canapé. Lui lirait ses rapports, elle corrigerait un article qu'elle était en train d'écrire. Ce serait paisible, chaleureux, intime…

À cet instant, ses neveux, des jumeaux, traversèrent la cuisine en hurlant à la mort, coupant court à sa rêverie romantique.

— Excusez-moi !

Avec un soupir, elle se retourna et découvrit Wendy, la femme de Bill, qui se glissa entre eux pour laver le céleri. Une fois qu'elle fut partie, Adelaide ferma le robinet et fit tourner son torchon, s'en servant comme d'un bouclier pour mettre un peu d'espace entre elle et Ted.

— Dis-moi si tu es prêt à décamper. On peut se faufiler par la porte de derrière. Du moment qu'ils ont mes ailes de poulet, ils s'en moquent !

Mais Ted appuya son dos contre l'évier, et pencha la tête vers la sienne pour se faire entendre dans le brouhaha ambiant.

— J'ai la nette impression que tu veux me préparer à l'échec. Pourtant, ce n'est qu'un déjeuner, n'est-ce pas ? Je sais manger avec des couverts, tu sais !

Ce fut au tour d'Adelaide de froncer les sourcils.

— Tu n'es jamais allé quelque part en te demandant comment tu allais être reçu, n'est-ce pas ? Jamais de ta vie ?

Il s'apprêta à répondre, mais s'abstint. Et lui retourna la question.

— Et toi ? Ça t'arrive souvent ?

— Oh ! mon Dieu ! Constamment !

Elle leva les bras et fit claquer son torchon au-dessus de sa tête.

— C’est l’histoire de ma vie, Ted. Pour contenir mon agitation, j’ai besoin de me concentrer sur quelque chose, et je dois fournir un effort constant pour ne pas me sentir dépassée. Souvent, les gens le sentent et me jugent, ce qui me complique encore la tâche. C’est pourquoi ma famille se montre si protectrice à mon égard, et a tant d’importance pour moi.

Son regard se posa sur le seuil de la cuisine, où se tenaient ses quatre frères. Ils la regardaient fixement.

— Ah, vous voilà enfin ! lança-t-elle d’une voix tendue, comme si elle se préparait à combattre. Les garçons, je vous présente mon ami Ted Fincher.

Elle n’avait marqué qu’une légère pause avant le mot « ami », mais ses frères l’avaient tous notée.

— Ted, je te présente mes frères...

Bill, le plus calme, s’avança le premier, mais seulement parce que Sid, le plus jeune, l’avait bousculé.

— Je m’appelle Bill.

— Enchanté, dit Ted en se penchant pour lui serrer la main, tout en se laissant glisser un peu contre l’évier pour se mettre à sa hauteur.

— Moi, c’est Sid...

Sid lui serra la main si fort qu’il lui fit presque mal.

— Je fais du MMA, alors vous feriez mieux d’être gentil avec ma sœur, sinon...

— Adelaide me l’a déjà faite, celle-là ! lança Ted.

Sid pinça les lèvres.

— Elle vous a parlé de nous ? Qu’est-ce qu’elle a dit ?

— Que vous étiez quatre, dit Ted, diplomate.

Sid ricana.

— LOL !

— Nous avons grandi avec elle, vous savez ? dit Jake en lui serrant la main à son tour. C'est un vrai moulin à paroles, alors elle vous a sans doute raconté autre chose...

Jake croisa les bras sur sa poitrine. Le menaçait-il ?

Adelaide leva les yeux au ciel.

— Arrêtez de bomber le torse ! Ted est bien trop malin pour se laisser prendre à vos pitreries.

— Tu as dit que tu t'appelais Fincher ? lança Brad, l'aîné, le plus renfrogné des quatre. Le Fincher de Big Think ?

Adelaide resta bouche bée.

— Je suis un grand fan de Sawyer Mahoney. J'ai raté de peu un maillot dédicacé lors d'une vente aux enchères de charité. C'est le plus grand regret de ma vie...

— Je serais heureux de t'en envoyer un quand Sawyer sera de retour en ville. Il n'a peut-être pas joué depuis un moment, mais il aime toujours donner des autographes.

Brad hocha la tête, imité par Ted.

— Maintenant, dit Brad, dis-nous ce qui te fait penser que tu es assez bien pour notre sœur.

Jake éclata de rire. Sid fit une drôle de grimace, et Bill baissa la tête, tandis que Brad faisait craquer ses articulations.

Un silence de mort se fit dans la cuisine, troublé de temps à autre par les cris des enfants qui jouaient dehors et le bavardage des femmes.

Sûr de lui, Ted passa le bras autour de la taille d'Adelaide avant de répondre :

— Elle m'a invité ici aujourd'hui et j'ai confiance en son jugement. Mais, à vrai dire, je ne sais pas vraiment quel genre de réponse vous attendez...

Tout à coup, Betty, la femme de Brad, cria depuis la pièce voisine.

— À table !

Adelaide se retourna et vit ses frères quitter la cuisine, le nez levé comme pour suivre l'odeur de la nourriture, tels des personnages de dessin animé. Entre la bonne chère et la bagarre, c'était toujours la première qui gagnait.

— Voilà, tu connais mes frères, maintenant, déclara Adelaide.

— Et je les trouve très sympathiques !

Adelaide éclata de rire, puis elle se rendit compte qu'il était sincère. Les yeux brillants, il l'attira à lui, maintenant qu'ils étaient seuls.

— Ils sont manifestement très attachés à toi, ce qui les rend encore plus sympathiques à mes yeux.

— Attachés ? Tu es vraiment un enfant unique, toi !

Plutôt que de lui demander de s'expliquer, Ted passa un bras autour de son cou et lui donna un baiser rapide, qui se prolongea.

— Ça sent bon le poulet rôti ! murmura-t-il contre sa bouche. On passe à table ?

Adelaide resta jusqu'à la fin du déjeuner, mais elle avait vraiment l'impression d'être ailleurs. En revanche, pour Ted, tout se passait au mieux. Les épouses et les petites amies le regardaient toutes avec des yeux émerveillés. Ses frères l'appréciaient de plus en plus à mesure qu'il leur parlait de Sawyer Mahoney. Au bout d'un moment, il cessa de sursauter dès qu'un enfant criait.

À chaque fois qu'un plat de salade de pommes de terre ou de pâtes passait devant elle, Adelaide sentait son estomac se retourner. Au bout d'un moment, elle regardait ailleurs quand quelqu'un lança :

— Passez la sauce !

— Adelaide ?

— Hmm ?

Elle regarda Betty, qui lui tapa sur l'épaule.

— Désolée, chérie, mais peux-tu prendre le bébé cinq minutes ? J'ai besoin d'aller aux toilettes.

— Bien sûr...

Adelaide prit Bianca, l'installa sur ses genoux et lui donna une serviette pour qu'elle joue avec. Instinctivement, elle huma sa bonne odeur de bébé, déposa un baiser dans ses cheveux soyeux et se mit à gazouiller dans son oreille. Puis, soudain, elle eut des picotements dans les jambes, et tout se mit à bourdonner autour d'elle. Elle retint son souffle pour faire face à la vague de nausée qui l'envahissait. Elle passa Bianca à sa voisine de gauche, puis s'excusa et traversa la pièce du mieux qu'elle put.

Les images de ces derniers jours défilaient à toute vitesse dans son esprit, et elle avait la tête embrumée. Elle s'était couchée avant 9 heures tous les soirs de la semaine. Ce matin, elle avait eu du mal à supporter l'odeur du café... Elle se dirigeait vers l'étage quand elle tomba sur Betty.

— Ça va, chérie ?

— Oui. Quelqu'un s'occupe de Bianca, ne t'inquiète pas.

— Tu n'as pas l'air en forme.

— Je vais bien, prétendit-elle. Écoute, si je te demande quelque chose, tu me promets de ne pas le dire à mes frères ?

Ravie, Betty écarquilla les yeux.

— Je t'en prie ! Tous les ragots de fille sont les bienvenus ! Cela fait tellement longtemps que je n'ai rien entendu de croustillant !

— Aurais-tu un test de grossesse, par hasard ?

Betty la regarda.

— Tu plaisantes ? Vu la fréquence à laquelle on fait des enfants, dans cette famille, il y a des tests dans toutes les salles de bains de la maison !

Betty regarda par-dessus l'épaule d'Adelaide, puis souffla :

— C'est pour qui ? Janet ? Elle a l'air un peu ballonnée, en effet.

Comme elle réprimait une vague de nausée, Adelaide vit les yeux de Betty s'écarquiller.

— Oh ! je vois...

Elle la saisit par le bras et l'entraîna dans l'escalier jusqu'à la salle de bains. Elle fouilla rapidement dans un tiroir et en sortit trois tests différents.

— Celui-ci est le plus précis et le plus rapide. Cela ira ?

Adelaide acquiesça.

— Ne t'inquiète pas, chérie. Tout ira bien, quoi qu'il arrive. Je sais qu'on vient tout juste de faire la connaissance de ton Ted, mais il a l'air adorable. Et il est sexy, en plus ! Quant à toi, nous attendons tous avec impatience le jour où nous pourrons te rendre la pareille et t'aider à t'occuper de tes enfants. Tu le sais, n'est-ce pas ?

Adelaide acquiesça de nouveau.

— Alors je te laisse faire, d'accord ?

— Merci.

Quatre minutes plus tard, Adelaide fixait le bâtonnet qu'elle tenait dans sa main, l'esprit en ébullition. Était-il possible qu'elle ait elle-même « inventé » ses symptômes, tant son désir d'enfant était fort ?

Non. Ce n'était pas un vœu pieux. Elle voulait vraiment fonder une famille. Mais pas comme ça. Pas alors qu'elle était encore locataire et cumulait les petits boulots. Et qu'elle couchait avec un homme avec qui elle n'avait pas encore eu de vrai rendez-vous galant !

Elle s'était efforcée de faire les bons choix, dans sa vie. De gérer son état de santé. De s'entourer de personnes bienveillantes à son égard. De se créer un espace sûr. Alors comment en était-elle arrivée là ? Tomber accidentellement enceinte par négligence était vraiment la chose la plus imprudente, la plus stupide du monde !

Sa respiration se fit plus saccadée, et un frisson parcourut son corps alors que les souvenirs de son enfance resurgissaient – ceux sur lesquels elle préférait ne pas s'attarder. Elle se revit réveillant sa mère pour qu'elle l'emmène à l'école, faire ses valises à la hâte alors que le propriétaire réclamait son loyer et menaçait de les jeter dehors, se rappela sa mère pleurant au supermarché, obligée de choisir entre le pain et le lait pour ses cinq bébés…

Adelaide ferma les yeux, prit une profonde inspiration. Ce n'était pas la même chose, se répéta-t-elle. Elle n'était pas sa mère. Et elle n'avait rien fait de mal, à part développer des sentiments forts, profonds, romantiques pour l'homme le plus merveilleux qu'elle ait jamais eu le privilège de connaître.

Elle était en bonne santé mentale. Elle était financièrement stable. Pour le moment. Mais, si son changement de carrière se passait mal, son pécule fondrait comme neige au soleil.

Heureusement, elle avait un foyer. Des amis qui la soutiendraient en cas de besoin. Même si ses frères la rendaient folle, elle n'avait qu'à dire un mot et toute sa famille se mettait à sa disposition. Pour la première fois depuis longtemps, elle n'avait pas l'impression d'être un fardeau mais plutôt d'avoir de la chance. Et elle avait Ted.

Certes, Ted ne voulait pas d'enfant, ni maintenant ni dans un avenir lointain. Ce n'était pas son projet. Pourtant, elle savait qu'il s'impliquerait. Pas comme les petits amis de sa mère, qui avaient tous fui leurs responsabilités. Pas comme son propre père...

Soudain, elle ouvrit lentement les doigts et vit apparaître deux lignes rose vif : positif !

— Oh ! mon Dieu ! murmura-t-elle.

— Alors ?

Adelaide sursauta en entendant la voix de Betty.

— Peux-tu me donner une minute ?

Puis, derrière la porte, elle entendit une voix chuchoter :

— C'est positif. Sinon, elle l'aurait dit.

— Qui est là ? demanda Adelaide.

— Ah, c'est moi. Wendy.

— Betty ! Tu avais promis de garder le secret !

— Tu m'as demandé de ne pas le dire à tes *frères*. Ils sont tous en bas, en train de parler avec le père de ton bébé...

Le visage dans les mains, Adelaide ne put retenir un rire nerveux. Dans sa famille, on passait facilement du rire aux larmes.

De nouveau, la voix de Betty lui parvint.

— Ça va, chérie ?

— Oui. Je vais très bien.

— On te laisse, d'accord ? Nos lèvres sont scellées à partir de maintenant.

— Très bien.

Adelaide entendit la porte de la chambre se refermer et se retrouva seule. Une nouvelle fois, elle fixa les deux traits, sur le bâtonnet. Elle allait avoir un bébé ! Un petit être qui l'aimerait malgré ses défauts, comme elle avait aimé sa propre mère. Et, même si elle était consciente que les problèmes de santé mentale et les troubles tels que le TDAH pouvaient être héréditaires, Adelaide n'était pas inquiète à ce sujet. Elle saurait gérer cette difficulté si elle se présentait, et serait la mère la mieux informée, la plus ouverte d'esprit et la plus bienveillante qui soit.

Et puis, songea-t-elle, cet enfant hériterait tout de même de la moitié des gènes de Ted ! De sa gentillesse, sa douceur, son esprit brillant, sa loyauté, son dynamisme...

Ted... Elle devait le lui dire à tout prix, même si cette nouvelle allait changer sa vie pour toujours. Mais pas ici. Pas devant toute sa famille. Ce ne serait pas juste. D'ailleurs, rien de tout cela n'était juste. Ils venaient à peine de se connaître, et elle s'apprêtait à lui annoncer qu'il allait devenir père ! C'était une véritable bombe, et elle n'était pas sûre des effets qu'elle provoquerait. Mais pour l'heure elle allait devoir passer l'après-midi sans se trahir !

L'hyperconcentration pouvait être un fardeau mais aussi un cadeau. Surtout lorsqu'il s'agissait de terminer un article que l'on essayait d'écrire depuis des semaines. La veille au soir, Adelaide, épuisée, avait laissé Ted la raccompagner chez elle pour qu'elle puisse se reposer. Lorsqu'il l'avait embrassée pour lui dire bonne nuit, il lui avait fallu faire preuve d'une immense retenue pour ne pas lui dire ce qui la préoccupait. Mais elle avait résisté, désireuse de faire un test pour être absolument certaine qu'elle était enceinte. Car cela changerait tout. Pour toujours.

Une fois Ted parti, une énergie nouvelle l'avait tenue

éveillée toute la nuit, et elle avait écrit jusqu'à ce que les lignes commencent à danser sur l'écran de son ordinateur. Son article était terminé, enfin, mais elle n'était même pas soulagée. Au contraire, elle éprouvait un sentiment doux-amer de perte. Désormais, elle n'avait plus aucune raison de voir Ted. La mort dans l'âme, elle avait envoyé son texte à Georgette et à son patron à 4 heures du matin, avec copie aux avocats de Big Think pour approbation préalable. Une fois qu'ils auraient rendu leur verdict, elle le montrerait à Ted.

Les horloges n'avaient jamais eu beaucoup d'emprise sur Adelaide, mais, maintenant qu'elle attendait les résultats de la prise de sang prescrite par son médecin, elle avait l'impression qu'un tic-tac permanent résonnait dans sa tête. Mais qu'annonçait-il, au juste ?

Soudain, on lui apporta ses résultats, et elle découvrit, le cœur battant à tout rompre, qu'ils confirmaient ceux de son test de grossesse. Instinctivement, elle posa la main sur son ventre en un geste de protection, puis elle prit une profonde inspiration et composa le numéro de Ted.

Il répondit presque instantanément.

— Adelaide ! lança-t-il d'un ton enjoué, je viens de l'apprendre !

— Apprendre quoi ?

— Ton article est terminé ! Quand pourrai-je le lire ?

Éberluée, elle répondit :

— Oh... Le portrait ? Maintenant, si tu veux.

— Je suis si fier de toi, ma chérie !

Ma chérie. Il l'avait appelée « ma chérie » !

— Je suis enceinte, Ted, déclara-t-elle sans préambule.

Lorsqu'elle n'entendit plus que le silence à l'autre bout du fil, elle murmura :

— Ted ?

— Je suis là. Est-ce que tu viens de dire que...

— Je suis enceinte, oui. Je suis vraiment désolée. Je n'avais pas l'intention de te l'annoncer comme ça. Je voulais te le dire en personne, mais je ne peux pas rester une seconde de plus avec l'impression que je te cache quelque chose...

— Addy...

De nouveau, Adelaide inspira profondément, pour chasser la petite voix qui résonnait dans sa tête.

— Je t'ai promis de ne pas me mettre en travers de ton chemin, dit-elle, et je tiendrai parole. Cette grossesse va tout changer pour toi. Mais tu as été très clair sur le fait que ce n'était pas ce que tu voulais. Je suis tellement désolée...

— Non, dit Ted d'une voix tranchante, tu n'as pas à t'excuser.

Elle l'imaginait en train de se passer la main dans les cheveux. Comme elle aurait aimé pouvoir se blottir entre ses bras et poser son front contre le sien ! L'entendre lui dire que tout irait bien...

— Où es-tu ? demanda-t-il, d'une voix qui lui sembla étonnamment calme.

— Chez moi.

— J'arrive tout de suite !

Elle secoua la tête, puis se rappela qu'il ne pouvait pas la voir.

— Non, fais ce que tu as à faire aujourd'hui, et viens plus tard, après ton travail. Nous pourrons parler à ce moment-là, d'accord ?

— D'accord. Addy...

Adelaide pressa son téléphone sur son oreille.

— Oui, Ted ?

— Tout ira bien. Je te le promets.

Mais ces mots, hélas, ne lui apportèrent pas le réconfort qu'elle avait espéré, car il y manquait l'essentiel : les sentiments...

Elle prit rapidement congé puis raccrocha.

Assis dans le fauteuil de son père, la tête dans les mains, Ted resta longtemps immobile. Au bout d'une demi-heure, il se prépara à parler.

— Salut, dit-il d'une voix tremblante.

Cela faisait des années qu'il n'avait pas parlé à son père. Et plus longtemps encore que son père n'était plus là pour lui répondre. Ted s'adossa au fauteuil. Lorsqu'il l'avait transporté pour la première fois à l'université, attaché à la galerie de sa vieille Cortina, l'empreinte de la main de son père était encore visible, sur l'accoudoir. Aujourd'hui, la sienne l'avait remplacée...

Enfin, il parvint à articuler :

— Papa, si tout va bien, il est possible que dans quelques mois tu deviennes grand-père.

Ou plutôt grand-papa ? Ou papy ? Oui, son père aurait bien aimé « papy », c'est sûr. Ce qui signifiait que Ted allait être papa. Papa ! Père. Il allait avoir un enfant ! Un petit être qui serait entièrement dépendant de lui. Et d'Addy, qui ferait une mère extraordinaire, il n'en doutait pas. C'est lui-même qu'il avait du mal à imaginer dans ce rôle, probablement parce qu'il avait fait de gros efforts pour ne jamais se représenter ainsi auparavant.

Se comporterait-il comme son propre père ? Sa situation était très différente de celle qu'il avait connue dans son enfance. Il ne vivait pas dans une maison avec une bibliothèque, et ne possédait pas même une arrière-cour. Il ne vivait même pas avec la mère de son enfant. Ils se connaissaient depuis quelques mois, alors que ses parents étaient ensemble depuis une dizaine d'années quand il était venu au monde. Son père était mort subitement quand Ted avait dix-neuf ans. D'une maladie incurable...

Le poing pressé contre sa poitrine, Ted dit :

— Je t'imagine en train de me regarder, un sourcil levé en attendant des explications. Tu m'as toujours dit de me méfier des femmes, mais d'être respectueux et de prendre mes responsabilités. Et c'est ce que je vais faire. Ce que j'ai toujours fait. C'était un accident. Ou alors... un coup du destin ?

Il ne voulait pas en parler à sa mère, pas avant que ça ne soit plus réel. Pas avant que le bon déroulement de cette grossesse soit confirmé. Inutile qu'elle s'investisse émotionnellement. Pour le moment, du moins, car ce n'était que le début, et les choses pouvaient changer.

Il savait qu'il avait plusieurs longueurs d'avance sur ce qu'il devait faire, mais évaluer les risques était toute sa vie. Le cœur de son action. C'était ancré en lui. Les choses pouvaient mal tourner et il savait, grâce au stage qu'il avait effectué dans une maternité durant ses études, que les trois premiers mois étaient pleins de dangers pour l'embryon.

Il se leva et commença à faire les cent pas dans son bureau. pour arpenter la pièce quand son regard s'arrêta sur le petit pot jaune posé sur le rebord de la fenêtre. Le cactus qu'Adelaide lui avait offert était le seul objet personnel – à part le fauteuil de son père – qu'il ait jamais apporté dans cette pièce. Si on lui avait dit trois mois plus tôt qu'il aurait un cactus et en prendrait soin, il aurait éclaté de rire. Et pourtant la réalité parlait d'elle-même : il était différent aujourd'hui de l'homme qu'il était trois mois auparavant, et depuis très longtemps. Grâce à Adelaide, il voyait le monde différemment. Et ce monde était plus gai, plus coloré, plus imprévisible aussi. À tel point qu'il avait commencé à s'ouvrir à la possibilité d'un avenir avec elle. Sa force et sa détermination ne le détournaient pas de sa mission, bien au contraire : elles contribuaient à l'élever, à faire de sa vie une aventure de chaque jour. Dès qu'il l'avait vue, il avait su qu'elle pouvait tout changer. Tout en faisant tourner la montre de son père sur son poignet, il murmura :

— Tu l'aimerais beaucoup, papa, j'en suis sûr. Je vous imagine tous les deux en train de parler cinéma, sous le regard amusé de maman. Elle est merveilleuse, papa. Tendre. Loyale et bienveillante. Elle ouvre les bras aux gens, même à ceux qui pourraient lui faire du mal, ce qui me terrifie. C'est la femme que j'attendais.

Hélas, son père ne lui répondit pas. Car son père n'était pas vraiment là. Et ne le serait plus jamais. C'est pourquoi l'existence entière de Ted avait été construite sur la discipline, tandis que celle d'Adelaide reposait sur l'espoir. Elle avait déteint sur lui, c'était certain. Mais était-ce suffisant ?

Oui, plus que suffisant. Il ne pouvait pas continuer à réfléchir, à émettre des hypothèses, à parler à son père disparu, alors qu'Adelaide l'attendait, sans doute aussi confuse, choquée et déconcertée que lui ! Le travail pouvait attendre. C'était maintenant qu'il fallait aller la voir.

Adelaide ouvrit la porte et trouva Ted sous son porche. Mais cette fois il ne demanda pas à entrer. Cette fois, il franchit le seuil et la prit dans ses bras...

Bientôt, ils s'embrassaient et s'arrachaient leurs vêtements comme si leur vie en dépendait.

— Attends... Je suis venu ici pour parler, souffla Ted.

— Oui. Il faut qu'on parle.

Il gémit et l'embrassa de nouveau, tout en l'entraînant dans le salon, où ils s'assirent tous deux sur le canapé.

— Je sais que tu ne veux pas d'enfants, Ted, dit-elle. Ni de famille. Tu as été très clair là-dessus. Mais tu dois savoir que je... j'ai très envie de poursuivre cette grossesse. Pour de nombreuses raisons. Certes, elle n'était pas prévue, et j'aurais préféré avoir une situation plus stable que celle que j'ai maintenant. Un emploi et une assurance maladie auraient été bien aussi, et pourtant cette nouvelle me remplit de joie. Alors...

Ted secoua la tête et l'interrompit.

— Si tu as pensé que je te demanderais de... Addy, il n'en est pas question !

Elle le savait. Mais cela faisait du bien de l'entendre.

— Je te remercie d'avoir clarifié ce point. Maintenant, je comprendrais aussi si tu ne voulais pas...

Ted s'approcha, posa sa main forte et sûre sur sa nuque et dit :

— Je ne voulais pas de cactus. Mais tu devrais voir le mien maintenant !

Il n'en fallut pas plus pour faire jaillir les larmes d'Adelaide, trop longtemps retenues.

— Qu'est-ce que tu veux dire ?

— Je veux dire qu'il faut continuer comme nous l'avons

fait jusqu'à présent. Et aller de l'avant. Un pas après l'autre, au jour le jour...

Tout en essuyant ses larmes, elle laissa échapper un rire léger.

— C'est une idée folle, n'est-ce pas ? Tu n'es jamais à la maison, mes horaires sont très variables. Tu es un maniaque de la propreté, je suis désordonnée. Tu es toujours à l'heure, moi, toujours en retard. Je suis une boule de nerfs, tu es Mister Cool...

— Mais une chose nous rassemble, Addy : nous sommes tous les deux très déterminés.

Compte tenu de la situation, elle ne pouvait pas espérer meilleure réaction. Et pourtant quelque chose la rongeait, sur lequel elle n'arrivait pas à mettre le doigt.

— Comment peux-tu prendre cela avec autant de calme ?

Ted se passa la main dans les cheveux, comme il le faisait toujours lorsqu'il était préoccupé.

— Je ne suis pas calme. Je nage en pleine confusion ! Je dirais même que je suis en état de choc, car j'ai passé une bonne partie de la journée à parler au fantôme de mon père !

Il secoua la tête.

— C'est juste que... je ne veux pas tout gâcher. Je ne veux pas te perdre.

— Oh ! Ted ! dit-elle en se jetant dans ses bras.

Elle ne trouvait pas d'autres mots pour exprimer sa gratitude. Elle n'avait aucune idée de ce qu'elle avait fait pour mériter un homme comme Ted, mais elle ferait tout ce qu'il fallait pour ne pas le perdre, elle aussi. Les mains sur son visage, elle l'attira à elle et l'embrassa. Avec force, et sans rien retenir. C'était incroyable ! Ted était là pour la soutenir et il croyait en elle ! En eux. C'était bien plus que ce qu'elle avait jamais eu dans la vie. Plus qu'elle avait jamais osé espérer, dans ses rêves les plus fous.

Sans cesser de l'embrasser, elle bascula à califourchon sur lui, tandis qu'il faisait courir ses mains sur son dos, ses fesses...

— Est-ce qu'on peut..., murmura-t-il contre sa bouche.

— Je suis enceinte, Ted, pas infirme !

Il la fit rouler sur le canapé, se plaçant au-dessus d'elle, puis il la déshabilla à la hâte et la pénétra d'un puissant coup de reins. Comme c'était bon de le sentir en elle, sa peau contre la sienne ! Pendant cette étreinte passionnée, il n'y eut rien d'autre entre eux que des cris de plaisir et d'abandon.

Beaucoup plus tard, blottis l'un contre l'autre sur le canapé trop étroit, ils reprirent leur discussion.

Ted lui caressait les cheveux tout en lui lisant des articles sur la grossesse et en lui prodiguant une foule de conseils, mais elle n'eut pas le courage de lui dire qu'elle n'avait pas besoin qu'on s'occupe d'elle. Pour l'instant, après la journée qu'elle venait de passer, sa sollicitude était la chose la plus agréable au monde, et elle ne boudait pas son plaisir.

Les quinze jours suivants se passèrent comme dans un rêve. Ils s'étaient mis d'accord pour annoncer la nouvelle à leurs amis les plus proches. Georgette avait aussitôt commencé à tricoter de la layette pour que l'enfant ait chaud aux pieds. Hadley était aux anges chaque fois qu'elle voyait Ted, et Ronan semblait l'éviter...

Quant à Celia, elle présenta Ted à tous les adhérents de son club de tennis, où elle lui avait donné rendez-vous pour prendre un café.

— Quoi de neuf, à part ça ? dit Celia en remarquant que Ted consultait sa montre pour la troisième fois en un quart d'heure.

— Je voulais te parler de quelque chose de... personnel.

Celia porta la main à sa gorge et dit d'un air affolé :

— Quoi donc ?

Ted grimaça en songeant qu'il avait fait peur à sa mère, qui s'attendait sans doute à ce qu'il lui annonce qu'il souffrait d'une maladie grave...

— Je vais bien, rassure-toi. Je voulais juste te demander quelque chose. J'aimerais savoir ce qui s'est passé exactement quand j'ai « cassé le moule », comme tu dis souvent...

Celia cligna des yeux, étonnée.

— C'est une question inattendue, mais... je vais te raconter. Comme tu le sais sûrement, j'ai accouché par césarienne, et en me recousant le chirurgien a perforé un vaisseau sanguin. Personne ne l'a su jusqu'à ce que ma tension artérielle chute dramatiquement, quelques heures plus tard, et que je fasse une hémorragie. Ton père m'a raconté que c'était désastreux, mais je ne me souviens de rien. Quelques opérations et de nombreuses transfusions plus tard, j'ai repris une vie normale.

Ted n'était pas très sensible, et pourtant il se sentait au bord du malaise.

— Y a-t-il une raison particulière pour laquelle tu me demandes cela ? voulut savoir Celia. Un projet sur lequel je pourrais t'aider ?

C'est alors que Ted prononça des mots qu'il n'aurait jamais cru pouvoir sortir de sa bouche.

— Adelaide est enceinte.

Celia sursauta et porta de nouveau une main tremblante à sa bouche. Ted, lui, avait le visage en feu.

— Adelaide Adams, que tu as rencontrée récemment, précisa-t-il. Nous n'étions pas ensemble quand tu l'as vue, mais nous nous sommes rapprochés depuis. Adelaide attend un enfant de moi, maman !

— Ted, mon chéri ! dit sa mère, émue aux larmes, je suis si heureuse pour vous deux ! Elle sait que tu es là ? Que tu es en train de m'annoncer la nouvelle ?

— Oui. Elle-même doit le dire à sa propre famille.

Il aurait voulu l'accompagner, mais elle avait insisté pour y aller seule. Son besoin d'indépendance s'était fortement accru, ces derniers temps, ce qu'il prenait pour un effet de sa grossesse.

— Et sait-elle que tu t'inquiètes pour elle ?

Ted se crispa.

— Je ne suis pas inquiet. J'accumule des connaissances afin de me préparer à toute éventualité.

— Chéri, c'est la définition même de l'inquiétude. Voici le seul conseil que tu recevras de moi : parfois, l'ignorance est une bénédiction, et tu ferais bien de ne pas chercher à en savoir trop.

Ted fit la grimace, puis répondit :

— Cela est assez contre-intuitif.

Celia sourit.

— Je compatis avec ta génération, celle des réseaux sociaux et de l'information pour tous. Mais il y a parfois trop d'informations. Je ne sais pas comment tu arrives à dormir la nuit, avec toutes les données que tu assimiles...

La plupart du temps, il ne dormait pas. Puis Adelaide avait débarqué dans sa vie, et le simple fait de savoir qu'elle était là, tout près de lui, l'avait rassuré. Mais, depuis qu'elle était enceinte, il était retombé dans ses vieux travers. Il ne lui restait que quelques mois pour se préparer à un rôle qu'il n'avait pas choisi, et cela le perturbait.

Il leva les yeux vers sa mère et déclara :

— Je veux juste m'assurer qu'il n'y a rien de spécial à communiquer à l'obstétricien au sujet de mes antécédents familiaux.

Celia posa sa main sur la sienne.

— Il n'y a rien à dire à ce propos. Je sais que c'est peine perdue de te demander ça, Ted, mais cesse d'essayer de tout contrôler. C'est tout simplement impossible. Prends soin d'elle. Encourage-la à se reposer quand elle le peut, à bien manger et à boire beaucoup d'eau. Fais-lui prendre l'air et un peu de soleil.

Celia haussa les épaules, puis ajouta :

— Malgré tous les progrès de la science, les principes de base n'ont jamais vraiment changé...

Celia demanda un menu, puis le lui passa.

— Mange quelque chose avant de t'évanouir ! Et tu me diras quand j'aurai le droit de te dorloter un peu, d'accord ?

— D'accord.

Chez les Adams, la discussion se déroula à peu près comme Adelaide l'avait prévu.

Adelaide : Ce que je vous ai annoncé au téléphone est confirmé : je suis enceinte de Ted. Je ne peux pas venir déjeuner dimanche.

Trois secondes plus tard.

Brad : Où es-tu ?

Adelaide : Chez moi.

Brad : Ne bouge pas. On arrive !

Assise sous le porche, en train de grignoter des chips de maïs, Adelaide vit trois voitures se garer devant chez elle, l'une après l'autre. Elle se redressa et croisa les bras en attendant l'assaut. Sid, le plus jeune, et sa petite amie Sally s'engagèrent les premiers dans l'allée, le poing tendu.

— Qu'est-ce que… ?

Un poing s'abattit sur le sien.

— *Yesssss* !

Jake arriva ensuite, et la prit dans ses bras pour une étreinte virile et deux grandes tapes dans le dos.

— Ce n'est pas trop tôt, sœurette !

— Que se passe-t-il ici ? lâcha Brad, qui, arrivé le dernier, commençait à sortir du coffre de sa voiture des affaires de bébé.

— Stop !

Il s'arrêta net en l'entendant crier.

— Peux-tu laisser tout ça une seconde et entrer ?

Brad remit lentement la chaise haute dans le coffre, puis remonta l'allée.

— Qu'est-ce que tu portes ?

Adelaide baissa les yeux.

— La salopette de Georgette. Je n'aime pas porter des vêtements serrés en ce moment. Parce que je suis enceinte.

— Est-il ici ?

— Si tu veux parler de Ted, alors non, il n'est pas ici. Il prend son petit déjeuner avec sa mère, ensuite, il a une réunion importante au sujet d'un projet de récupération d'eau douce que Big Think est sur le point de lancer...

Brad suivit ses frères dans la cuisine, qui embaumait les muffins fraîchement sortis du four.

— Où est Bill ? demanda Adelaide.

— Il intervient sur un carambolage sur l'autoroute M1. Il t'adresse ses félicitations.

— Vous avez donc tous lu mon message, et vous savez que je suis enceinte alors que je ne suis pas mariée. J'ai récemment quitté mon emploi bien rémunéré.

Elle les regarda, guettant leur réaction.

— Nous l'aimons bien, dit enfin Sid, un muffin à la main.

— Il est sacrément malin ! renchérit Jake.

— Et riche. Vraiment riche. On est tous jaloux ! conclut Brad avec un sourire radieux.

Adelaide fronça les sourcils.

— Quel est le rapport avec ma grossesse ?

— Tu répètes sans cesse que nous devons arrêter de te dire ce que tu dois faire, que tu es une adulte capable de faire ses propres choix. Nous essayons de te dire que tu as bien agi.

Bouche bée, Adelaide garda un instant le silence avant de déclarer :

— Alors, si je comprends bien, vous êtes enfin décidés à ne pas vous mêler de ce qui ne vous regarde pas ? Et à me laisser faire mes propres choix sans fourrer votre nez dans mes affaires, parce que j'ai ramené un homme grand et fort à la maison qui pourra vous remplacer, c'est bien ça ?

— Cela doit être un soulagement, non ? suggéra Jake. C'en est un pour nous, en tout cas !

Adelaide s'approcha et attrapa le plateau de muffins.

— Addy...

— Cela fait des années que je me conduis en fille obéissante. J'ai obtenu mon diplôme de fin d'études secondaires avec mention, alors que j'avais à peine fréquenté l'école primaire. J'ai obtenu mon diplôme universitaire tout en conservant deux emplois. Dans un secteur hautement compétitif, j'ai réussi à obtenir un bon poste au sein d'une entreprise de médias numériques très prospère. J'ai assez d'argent pour songer à acheter une maison. Et cela fait maintenant sept mois que je maintiens un cactus en vie...

Elle prit une profonde inspiration avant d'ajouter :

— J'étais sûre que vous alliez tous débarquer ici et me faire des reproches, parce que je suis célibataire et enceinte. Comme maman.

— Tu n'es pas célibataire !

— Mais si !

Brad fronça les sourcils, mais se tut, pour une fois. Jake, lui, affirma :

— Et tu n'es pas maman...

Adelaide le regarda.

— Qu'est-ce que ça veut dire ?

— Elle était malade, Addy. Nous ne savons pas exactement de quoi elle souffrait, alors nous avons essayé de l'emmener chez le médecin pour le découvrir. Mais nous étions trop jeunes pour faire quoi que ce soit d'autre. Quand elle est morte... nous ne voulions pas commettre deux fois la même erreur. Alors oui, nous nous sommes occupés de ton cas. Nous avons veillé à ce que tu aies les meilleurs médecins et les meilleurs thérapeutes, et Brad a appelé ton lycée chaque semaine pour s'assurer qu'ils se rendaient compte de leur chance de t'avoir comme élève.

Brad serra la mâchoire.

— Nous savons à quel point tu adorais maman, et nous ne voulions pas ternir sa mémoire. Mais sache que nous n'avons jamais eu peur que tu lui ressembles. Sauf pour les bons côtés...

Émue aux larmes, Adelaide attrapa Sid et le serra fort dans ses bras. Puis elle agita la main pour inviter les autres à les rejoindre.

— Merci...

— On peut avoir un autre muffin, maintenant ? demanda Sid d'une voix étouffée.

Adelaide leur donna à chacun un sachet de muffins et les renvoya chez eux.

— Est-ce que je peux te donner les affaires de bébé, maintenant ? demanda Brad. Betty les a laissées dans le garage, et elles y sont depuis plus de deux semaines !

— Non, merci, dit Adelaide. Si j'ai besoin d'aide, je te ferai signe, promis...

Une fois ses trois frères partis, Adelaide envoya un message à Ted pour lui faire part de leur réaction. Pour que sa vie soit parfaite, il ne manquait plus qu'un rédacteur en chef l'appelle et lui propose de publier son article. Elle prit quelques profondes inspirations et calma son cœur affolé. Et si, après s'être battue si durement pour obtenir ce qu'elle voulait, elle était enfin récompensée ?

Plus tard dans la journée, alors qu'elle s'apprêtait à rencontrer un club de lecture qui avait collecté plus de cent mille dollars de dons de livres pour une bibliothèque inondée, le téléphone d'Adelaide sonna.

— Allô ?

— Tu es un génie, ma chérie !

Elle reconnut aussitôt la voix de Deborah, son ancienne éditrice.

— Bonjour ! Je suis ravie d'avoir de tes nouvelles ! Je peux savoir pourquoi tu me dis ça ?

— Je ne sais pas si tu es au courant, mais beaucoup de choses ont changé après ton départ.

Deborah lui raconta qu'elle s'était associée à un journal très en vue avec lequel elle avait toujours rêvé de collaborer.

— Un extrait de ton article sur Ted Fincher a atterri sur mon bureau aujourd'hui. Je l'ai lu, et je l'ai adoré ! J'ai parlé à tout le monde ici de tes talents, et nous serions ravis de publier ton article.

Le cœur d'Adelaide bondit dans sa poitrine et, l'espace d'une seconde, elle ne put prononcer une seule parole.

— Oh ! mon Dieu, Deborah ! souffla-t-elle enfin. Je te remercie !

— Nous aimerions prendre rendez-vous avec toi pour discuter de la suite des événements.

Adelaide ferma les yeux un instant, puis répondit :

— Bien sûr. J'en serais ravie.

D'un ton plus posé, Deborah ajouta :

— Je ne devrais pas te dire cela, mais, avec toutes les offres que tu vas devoir étudier, je te conseille de suivre ton instinct, et surtout de décider au mieux de tes intérêts. As-tu d'autres offres ?

S'abstenant de répondre directement, Adelaide dit :

— Merci pour ce conseil. J'en tiendrai compte.

— Après avoir pesé le pour et le contre, choisis-nous ! Ce serait merveilleux que tu reviennes dans l'équipe…

Sur ce, Deborah raccrocha. Quelques secondes plus tard, le téléphone bourdonnait de nouveau.

— Mme Adams ?

— Oui.

— Je suis Daryl Majors, de la société Imprint. J'ai lu votre article sur Big Think et je pense qu'il doit être publié dans notre journal.

— Ah oui, il vous a plu ?

— Nous l'avons adoré. Je vous ai envoyé un contrat par courrier électronique. Signez-le, renvoyez-le et nous débloquerons les fonds immédiatement.

Waouh, c'était… rapide. Trop ?

— Je le lirai et je reviendrai vers vous rapidement, promit Adelaide. À bientôt !

Sentant un picotement dans sa nuque, elle ouvrit sa messagerie sur son téléphone et y trouva pas moins de cinq autres offres pour son article. Sept en tout ! Alors pourquoi ne sautait-elle pas de joie ? C'était un rêve, et elle dut se pincer pour se convaincre que tout cela était bien réel. Pourtant, elle n'hésita pas.

Sûre de sa décision, elle rappela Deborah.

Adossé à la barrière qui séparait le cabinet de la gynécologue de la rue, Ted attendait Adelaide, tout en faisant tourner machinalement sa montre autour de son poignet. Le Dr Shifarko avait une longue liste d'attente, mais, comme elle avait été consultante en matière de recherche sur les cellules souches pour Big Think, Ted avait obtenu un rendez-vous le jour même grâce à un simple texto.

Adelaide était en retard pour sa première échographie. Il était encore trop tôt pour savoir si la grossesse se déroulait comme prévu. Il n'était pas vraiment inquiet, plutôt légèrement mal à l'aise. Comment pouvait-il en être autrement alors que, selon l'Organisation mondiale de la santé, près de mille femmes mouraient chaque jour de causes évitables liées à l'accouchement et à la grossesse ?

Ted était prêt à toute éventualité. C'était sa mission, de veiller sur ses proches. Mais où diable était Adelaide ? Impatient, Ted vérifiait l'heure une nouvelle fois lorsqu'une voiture s'arrêta devant lui. Adelaide en sortit, son éternel sac sur l'épaule, une masse de boucles folles flottant autour de son visage, et il sentit son cœur bondir à sa vue.

— C'est toi qui as fait ça ? lança-t-elle sans préambule en s'avançant vers lui.

— Comment ça ? De quoi parles-tu ? demanda-t-il d'un air faussement innocent.

— C'est toi qui as appelé les rédacteurs en chef de tous les journaux du pays pour leur demander de m'offrir la lune et de publier mon article ?

— Qu'est-ce que tu racontes ?

Alerté, Ted s'approcha d'elle, et elle le fusilla du regard.

— Ted, dit-elle d'une voix à la fois douce et ferme, jure-moi qu'aucun rédacteur en chef n'a été contraint d'acheter mon article.

— « Contraint » est un mot un peu fort...

— Je le savais !

Furieuse, elle se mit à faire les cent pas, tout en marmonnant des paroles incompréhensibles. Ses joues étaient trop rouges, et sa poitrine se soulevait trop souvent, signe de l'accélération de son rythme cardiaque. Oui, son trouble de l'hyperactivité pouvait entraîner de tels symptômes, mais inutile d'être un spécialiste en obstétrique pour savoir que le stress n'était pas une bonne chose au cours du premier trimestre. Il tendit les deux mains pour tenter de la calmer.

— Reste tranquille, ma chérie. Calme-toi...

Elle s'arrêta.

— Tu me demandes de rester tranquille ?

— C'est une simple suggestion. Motivée par des raisons médicales. Pouvons-nous en discuter après ? Nous avons rendez-vous, souviens-toi.

Adelaide secoua la tête.

— Je n'ai reçu aucune autre offre pour mon article. Pas la moindre touche. J'espérais que mon travail parlerait de lui-même.

— Et c'est le cas. Tu écris très bien. Mais ce n'est pas vraiment le moment de parler de ça. Nous sommes ici pour... savoir si cette grossesse se déroule normalement.

Instinctivement, elle posa la main sur son ventre, et il fut pris de l'irrésistible envie de l'attirer à lui et de la serrer dans ses bras à l'étouffer. Mais il parvint à se retenir.

— Ronan sait à quel point je tiens à ce que tu sois récompensée pour ton dur labeur...

Il vit une lueur apparaître dans ses yeux, tandis qu'elle faisait un effort visible pour se concentrer.

— Ted...

Les oiseaux gazouillaient dans les arbres qui bordaient l'avenue, et la brise légère en faisait bruisser les feuilles.

Mais, dans ce décor merveilleux, Ted ne sentait qu'une chose : Adelaide s'éloignait de lui...

— Tu t'imagines à quel point c'est mortifiant d'entendre des personnes que je respecte au plus haut point et que je souhaite impressionner chanter mes louanges, tout en soupçonnant qu'elles ont été poussées à le faire ? Que penseront ces gens lorsqu'ils apprendront que je suis ta... ?

Elle fit un vague geste de la main, comme si elle hésitait encore à qualifier leur relation. Ted, lui, savait : elle était sa confidente, son amie, son amante, sa joie... Elle était la personne à côté de laquelle il voulait se réveiller chaque jour du reste de sa vie.

— Ils penseront que tu es une journaliste talentueuse et qui a des relations. Ce que tu as à offrir a de la valeur, alors appuie-toi sur moi. Je serais ravi d'utiliser mon réseau pour t'aider de toutes les manières possibles.

Adelaide garda un instant le silence, puis répliqua :

— J'ai l'impression d'être un imposteur. J'aimais ma vie. J'aimais mon travail. J'aimais le fait d'avoir réussi à accorder moins d'importance à la façon dont les autres me voyaient, car j'avais appris à m'aimer moi-même. Aujourd'hui, tout change si vite que je ne me reconnais plus.

— Adelaide, ce n'est pas...

— ... juste ? En effet. Certaines personnes naissent dans une famille heureuse, d'autres, dans un foyer difficile. Certaines sont respectées dès le premier jour, d'autres ne parviennent jamais à effacer le tort qu'on leur a fait, quels que soient leurs efforts. Mais, malgré tout cela, tu ne peux pas m'envelopper dans du coton, Ted.

Ted serra les dents. Il pensait avoir imaginé tous les scénarios, mais il se rendait compte qu'il s'était trompé.

— J'apprécierais vraiment que tu me laisses me débrouiller seule, ajouta-t-elle avec un rire sans joie.

Il crut voir une larme sur sa joue lorsqu'elle poursuivit :

— Je comprends que tu veuilles aider les gens, réparer les choses et rendre le monde meilleur. À cause de ce qui est arrivé à ton père. C'est une noble cause, mais je n'en suis pas une, tu sais. Je n'ai pas besoin d'être réparée.

Il ouvrit la bouche pour la démentir, puis se souvint des paroles prophétiques de sa mère, qui lui avait affirmé qu'il ne pouvait pas tout contrôler.

Avec un grand soupir, Adelaide fouilla dans son sac, en sortit son téléphone et composa un numéro. La main un peu tremblante, elle le porta à son oreille et dit :

— Bonjour, Daryl, c'est Adelaide Adams. J'ai changé d'avis. Je ne souhaite plus publier cet article et vais devoir le retirer...

Les incisives plantées dans sa lèvre inférieure comme pour l'empêcher de trembler, elle écouta avec attention son interlocuteur, puis hocha la tête.

— Merci beaucoup. Je ne manquerai pas de vous contacter lorsque j'aurai d'autres projets en vue. À bientôt !

Alors qu'elle s'apprêtait à passer l'appel suivant, Ted voulut s'emparer de son téléphone pour l'empêcher de se saboter de la sorte. Mais elle venait de passer les dernières minutes à lui faire comprendre qu'il ne devait surtout pas s'en mêler.

Impuissant, il n'eut pas d'autre choix que d'attendre, tandis qu'elle passait appel sur appel. Voir la femme qu'il aimait souffrir sans pouvoir l'aider était un véritable supplice.

— On y va ? dit-elle lorsqu'elle eut terminé.

— Le Dr Shifarko m'a été fortement recommandé,

mais, si tu veux voir quelqu'un d'autre, nous trouverons quelqu'un d'autre.

— Non, mieux vaut honorer ce rendez-vous. Allez, viens...

Ils entrèrent dans le cabinet du médecin, côte à côte. Mais le gouffre qui les séparait était immense.

9

Georgette passa la tête par la porte de la cuisine.

— Salut ! Deborah a appelé. Deux fois. Elle avait l'air très enthousiaste à l'idée de te parler. Tu es rentrée tôt. Je pensais que tu serais partie retrouver le beau… Hé, qu'est-ce qui ne va pas ?

Adelaide lâcha ses sacs sitôt la porte franchie.

— C'est… le bébé ? demanda Georgette en accourant dans le couloir.

— Non, dit Adelaide avec un sourire tremblant. Son petit cœur bat normalement.

— Alors que se passe-t-il ? Tu t'es disputée avec Ted ?

Sans répondre, Adelaide se dirigea vers le salon et se laissa tomber sur le canapé.

— Deborah m'a appelée pour me proposer d'acheter mon article.

— Waouh ! C'est génial, s'exclama Georgette, ravie.

Mais elle se renfrogna bien vite devant la mine dépitée d'Adelaide, qui se prit le visage dans les mains.

— Que s'est-il passé, Adelaide ?

— Ted, ou l'un de ses associés à sa demande, a fait savoir que quiconque achèterait mon article bénéficierait d'un traitement de faveur de la part de la direction de Big Think. Ou quelque chose de ce genre…

— Waouh ! s'exclama Georgette. C'est énorme ! Ils ont la réputation d'être très durs en affaires, et de ne faire de cadeaux à personne. Mais… tu as l'air de penser que c'est une mauvaise chose ?

— C'est une mauvaise chose ! Il pensait que je n'y arriverais pas toute seule.

— Qui ça, Ted ?

— Oui !

Georgette était dubitative.

— Ça ne lui ressemble pas du tout. De plus, il a l'air d'apprécier ton travail…

En effet, ça n'était pas la façon de faire de Ted.

— Écoute, dit Georgette. C'est grâce à moi que tu as mis un pied chez Big Think, tu te rappelles ? Cela t'a mise mal à l'aise ?

Adelaide cligna des yeux.

— Non, avoua-t-elle.

— Parce que tu sais que je sais que tu es géniale, ou parce que tu sais que je t'ai aidée par amitié ? Ou les deux ?

Georgette marqua une pause avant de reprendre :

— Quant à Ted, il sait ce qu'il fait. S'il est allé trop loin, c'est parce que tu l'as autorisé à le faire, même à son insu. En fait, cet homme décrocherait les étoiles, et la lune aussi, si tu le lui demandais, et que cela pouvait te rendre heureuse.

— Tu crois vraiment que…

— Ne bouge pas ! fit Georgette. Je vais t'apporter quelque chose à grignoter. Tu es toute pâle !

Et elle disparut, tandis qu'Adelaide saisissait un gros coussin moelleux et le plaquait contre son ventre.

— Il aime prendre soin de moi...

En prononçant ces mots à voix haute, Adelaide eut l'impression de rêver. Elle aussi aimait prendre soin de Ted. En gardant de la nourriture à portée de main lorsqu'il oubliait de manger. En le forçant à lever les yeux de son écran.

Quand elle agissait ainsi, il ne se plaignait pas, ne la rejetait jamais. Il tolérait son comportement, et la laissait prendre la place qu'elle voulait dans sa vie. Car il savait que c'était sa façon de lui montrer qu'elle... l'aimait.

Oui, elle aimait Ted. Elle l'aimait tellement qu'elle ne savait que faire de tout cet amour. Était-ce parce qu'il l'aimait aussi qu'il lui avait obtenu des rendez-vous avec les meilleurs médecins, et avait voulu donner un coup de pouce à sa carrière ? Elle avait vu son visage, lorsque les battements de cœur du bébé avaient retenti dans la salle d'examen : il était bouleversé...

Comme elle cherchait dans sa poche une photo de l'échographie, son téléphone bipa.

Ted : Es-tu bien rentrée ?

Adelaide : Oui, merci.

Ted : C'est bien. Je te préviens, je reviendrai demain. Et après-demain. Et le jour suivant. À moins que tu ne me demandes de ne pas le faire.

Adelaide : Bien sûr.

Ted : À bientôt

Ted n'avait pas insisté, songea-t-elle. Il lui avait seulement fait comprendre qu'il ne l'abandonnerait pas, même si elle tentait de le faire fuir. Peu importe le nombre de grenades émotionnelles qu'elle lancerait. Si elle voulait, elle pouvait tout avoir : une maison, une carrière, une famille. Un homme qui l'adorait, qui croyait en elle et qui l'aimait pour toutes ses bizarreries et non malgré celles-ci.

Adelaide enfouit son visage dans le coussin et hurla :

— Il m'aime.

Quand elle cessa, Georgette se tenait devant elle.

— Entre le moment où je suis partie chercher ta collation et celui où je suis revenue... j'ai compris beaucoup de choses, déclara Georgette en déposant un plateau sur le canapé.

Adelaide lui tendit l'échographie.

— Oh ! trop mignon ! On dirait un petit haricot !

— Ted et moi faisons pousser un petit haricot. Ensemble ! Pourvu qu'il ne soit pas trop tard pour le lui faire savoir !

Ronan entra en trombe dans la Batcave, agitant son téléphone en direction de Ted.

— Tu as reçu mon courriel ?

— Oui, je l'ai reçu, répondit Ronan, mais je ne comprends pas pourquoi tu me l'as écrit. Tu ne peux pas venir dans mon bureau et me dire les choses en face ?

— Je vais le faire maintenant : je veux faire un break, Ronan.

— Pendant combien de temps ?

— Un jour. Une semaine. Un an. Je ne sais pas.

— Ted ! C'est ridicule, voyons !

— Elle a refusé, Ronan !

Ronan le regarda sans comprendre.

— Comment ça ?

— Adelaide a reçu plusieurs offres pour la publication de son article. Des offres intéressantes. Assorties de propositions de collaboration. Tout ce dont elle rêvait. Et elle a refusé.

— Pourquoi ?

— Parce que tu as appelé une demi-douzaine de rédacteurs en chef pour leur demander de lui faire une offre ! gronda Ted.

— Est-ce que tu crois vraiment que je ferais une chose pareille ?

— Ne mens pas ! Je sais que tu as fait quelque chose.

Ronan se détendit.

— Nos responsables des relations publiques ont reçu pour instruction de dire que, « chez Big Think, nous nous sommes toujours engagés à collaborer avec des talents locaux » et que j'avais trouvé l'article « chaleureux, plein d'humour, impressionnant de profondeur et d'équilibre ».

— Ronan...

— Tu as laissé entendre qu'il était important pour toi qu'elle...

— Je sais ! dit Ted en levant le bras et en renversant un gobelet rempli de crayons. Je sais...

Il avait informé Ronan de la situation d'Adelaide, en quelque sorte. Il s'inquiétait de la voir si stressée, et voulait que davantage de gens puissent entendre sa voix. Et Ted connaissait son ami depuis trop longtemps pour prétendre qu'il ignorait ce que Ronan allait faire...

— Si tu veux le savoir, dit Ronan d'un ton grave, tout était vrai. Et je ne regrette pas un seul mot de ce que j'ai dit. Adelaide a beaucoup de talent.

— Tu as vraiment lu son article ?

Ronan acquiesça, un léger sourire aux lèvres.

— Elle t'a épinglé, comme un papillon sur une planche !

Ted leva la main en signe de protestation, mais la laissa retomber très vite.

— Adelaide est très honnête, très intègre. Elle a travaillé très dur pour écrire quelque chose de beau, d'émouvant, d'original à mon sujet. Et maintenant... elle a l'impression qu'en s'immisçant dans ses affaires nous l'avons privée de profiter du fruit de son travail.

— Je rejette ta demande.

— Quoi ?

— Ta demande de congé.

— Ce n'était pas une demande. C'est déjà réglé. J'ai mis en place des mesures, j'ai fourni à Hadley une liste de personnes à contacter en mon absence, des personnes qui s'impliqueront pour l'entreprise et en qui j'ai toute confiance.

En fait, il se retirait progressivement pour passer plus de temps avec Adelaide, et le monde ne s'était pas écroulé en son absence. En fait, il avait même les idées plus claires, désormais. Et il était plus efficace, grâce au sommeil, à la bonne nourriture, à l'air frais, au soleil et... à Adelaide. Qui l'aurait cru ?

— Tu ne prends pas de congés, Ted. Tu n'en as jamais pris. Mais depuis que cette femme est arrivée...

Ted se leva d'un bond.

— Cette femme a un nom ! s'écria-t-il.

Ronan sourit d'un air nonchalant.

— Je connais son nom, mon pote. Et maintenant on fait quoi ? demanda-t-il.

— Tu veux savoir comment je compte rattraper le coup auprès d'Adelaide ?

— Excuse-toi. Dis-lui qu'elle a raison.

Ted hocha la tête. Ronan reprit :

— Il faut savoir que les autres services ont également reçu l'ordre de faire savoir à Adelaide que, si elle souhaitait écrire un article sur Sawyer, ou sur moi, eh bien… la porte était ouverte, et ce, que vous soyez toujours ensemble ou non.

Ronan se leva pour partir, puis ajouta :

— Je t'accorde une semaine. Tu peux garder tes autres semaines de congé pour la naissance du bébé. Tu en auras besoin.

— Je n'ai pas besoin de ta permission ! cria Ted tandis que son ami quittait le bureau.

Ted se rassit dans son fauteuil, puis le fit rouler jusqu'à une imprimante et sortit l'article d'Adelaide. C'était étrange, de redécouvrir sa propre histoire, et cette fois il imagina qu'Adelaide la lui lisait. Et, à mesure que ses mots, son ton, son humour l'envahissaient, il commença à voir ce texte pour ce qu'il était vraiment.

Il ne s'agissait pas simplement de l'histoire d'un milliardaire dans la trentaine, scientifique de son état, mais d'une lettre d'amour. Adressée à lui, mais rédigée pour que le monde entier la lise. « Il ne s'agit pas de moi », avait répété Adelaide à maintes reprises. Mais il s'agissait bien d'elle, depuis le tout début.

Une chanson des Bee Gees dans ses écouteurs, une robe ample en vichy ondulant autour des genoux, Adelaide admirait la façade du bâtiment de la Big Think Corp. Elle fouilla dans son sac pour prendre une tranche de citron et croqua dedans. Betty et Wendy lui avaient toutes deux conseillé ce remède idéal contre les nausées matinales et, jusqu'à présent, il faisait l'affaire.

Elle reposait le citron dans la boîte contenant le muffin aux pépites de chocolat qu'elle avait préparé ce matin-là quand son téléphone vibra. C'était un message de Deborah.

Vérifie tes mails. Je t'ai envoyé une idée de sujet pour un article. C'est dans tes cordes. Qu'en dis-tu ?

Deborah avait refusé le retrait de son article et lui avait recommandé de prendre un agent pour mieux vendre ses textes. Son extrait était sur le point d'être diffusé sur les réseaux sociaux, avant sa publication dans des magazines en ligne et sur papier.

Adelaide envoya un émoji de pouce levé, puis fit défiler les derniers messages de Ted, envoyés le matin même.

Ted : Tu as bien dormi ?

Adelaide : Pas vraiment. J'ai regardé *Calamity Jane*.

Adelaide se dirigea vers l'entrée de l'immeuble. Une fois les portes franchies, elle aperçut Hadley en train de discuter avec le personnel de la réception. Celle-ci lui désigna d'un signe de tête un ascenseur qui s'ouvrait sur Ted.

D'instinct, Adelaide posa la main sur son ventre, et Ted leva les yeux, comme s'il avait senti sa présence. En quelques pas, il fut près d'elle et planta ses yeux dans les siens.

— Tout va bien ? demanda-t-il. Le bébé va bien ?

Adelaide hocha la tête avec un sourire, et il la serra contre lui. Ils restèrent longuement enlacés, sans dire un mot.

Enfin, il s'écarta doucement d'elle.

— J'imagine que tu n'es pas juste venue ici pour m'embrasser, murmura-t-il. Qu'est-ce qui t'amène ?

Sa voix était rauque, sourde, comme s'il tentait de lutter

contre un trop-plein d'émotions. À sa façon de la serrer contre lui, Adelaide voyait à quel point il tenait à elle, et elle sut que c'était le moment ou jamais de se jeter à l'eau. D'occuper pleinement l'espace qu'il lui avait réservé dans sa vie, et de laisser tomber ses défenses.

— Je suis venue m'excuser...

— Ce n'est pas nécessaire.

Elle leva la main.

— Oh si ! L'autre jour, j'étais dans tous mes états. Vraiment submergée par tout ce qui se passait. J'avais l'impression que ma vie tout entière m'échappait, et je me suis montrée très injuste. Envers toi. Je suis désolée de t'avoir fait subir mes humeurs. Alors que tu ne cherchais qu'à me protéger, à m'aider. Comme mes hormones me jouent des tours, je ne peux pas promettre qu'il n'y aura pas d'autres épisodes de ce genre à l'avenir. Mais je te promets de réagir différemment.

— Et d'aller de l'avant ? demanda-t-il en scrutant son visage, tandis que sa main glissait dans son dos.

— Si c'est ce que tu veux...

— Est-ce ce que tu veux, toi ?

— Oui. Je veux que nous soyons ensemble. Je veux...

Il se pencha et déposa un baiser sur sa bouche. Mais il ne voulait pas la faire taire, plutôt sceller une promesse entre eux.

— Ce que je veux, c'est toi, souffla-t-il, comme s'il venait de voler ce mot sur ses lèvres. Avec tous tes sacs, et tes sautes d'humeur aussi...

Elle sourit contre sa bouche.

— Ted... La vérité, c'est que je ne t'ai pas vraiment vu venir. Alors même que tu me faisais une place dans ta vie, j'étais tellement bouleversée par notre rencontre que j'avais l'impression de me perdre moi-même...

Les yeux de Ted cherchèrent les siens. Elle posa la main sur sa joue ombrée d'une barbe de deux jours, et lui offrit un sourire radieux.

— Mais je me suis retrouvée, et j'ai retrouvé mon énergie. Je suis si heureuse de devenir maman ! La maman de ce petit haricot...

Ted fronça les sourcils.

— Un haricot ?

Elle prit sa main et la posa sur son ventre.

— Il est si petit, sur l'échographie, qu'il m'a fait penser à un haricot, dit-elle avec un sourire tendre.

Comme il l'attirait de nouveau à lui, fou de bonheur, elle murmura :

— Ted, je pense que nous devrions peut-être aller discuter ailleurs...

— Cet immeuble m'appartient ! s'exclama-t-il en glissant la main dans ses cheveux. Je peux faire évacuer le bâtiment, si je veux ! Mais d'abord c'est à mon tour de m'excuser.

— Ted...

— D'aussi loin que je me souvienne, mon travail a toujours été au centre de mes préoccupations. Et toi, plus que quiconque, tu sais pourquoi. Chaque fois que je m'accordais une pause, je redoutais que quelque chose de grave n'arrive à quelqu'un que j'aime.

— Je sais, Ted, dit-elle avec douceur.

— Je sais que je ne peux pas réparer tout le malheur du monde. Je sais que, lorsque le pire arrive, ce n'est pas ma faute. Mais je suis également conscient de la position privilégiée que j'occupe, de l'exceptionnel concours de circonstances qui m'a permis d'opérer un véritable changement dans le monde, de gagner de l'influence. D'aussi loin que je me souvienne, j'ai toujours pensé qu'il était de mon devoir de profiter de chaque chance qui m'était offerte.

Elle s'approcha de lui pour l'inviter à poursuivre.

— Puis tu es arrivée, et c'est comme si j'avais enfin ouvert les yeux. Tu m'as montré que je n'étais utile à personne si j'étais surmené, stressé, peu disponible. Si je ne vivais pas une vie à la hauteur des sacrifices que j'ai consentis.

Elle sentit une larme couler sur sa joue, qu'il essuya du pouce.

— Adelaide, ma chérie, depuis que tu es entrée dans mon bureau, j'ai su que c'était toi que j'attendais. Depuis toujours. Je t'aime, Adelaide. Tu mérites qu'on se batte pour toi, tu sais...

Adelaide enroula les bras autour de son cou, et il l'embrassa comme si sa vie en dépendait.

Lorsqu'ils se séparèrent, un tonnerre d'applaudissements retentit dans le hall. Amusé, Ted la souleva et la fit tournoyer dans ses bras. Par-dessus son épaule, Adelaide vit d'innombrables yeux qui les observaient, depuis les coursives des étages. D'autres curieux s'étaient arrêtés au lieu de rejoindre les ascenseurs. Tous tapaient dans leurs mains, sifflaient, criaient, tandis que Hadley tentait de les disperser en faisant de grands gestes et en criant :

— Il n'y a rien à voir, ici ! Passez votre chemin !

Mais Ted la fit glisser lentement le long de son corps, avant de la basculer sur son bras pour lui donner le plus hollywoodien des baisers. Sous les acclamations de la foule en délire.

Lorsqu'il la remit debout – doucement, car il savait que

la grossesse avait tendance à faire monter la tension artérielle –, elle entendit Hadley qui continuait de houspiller les curieux.

— Remettez-vous au travail, et donnez-leur un peu d'intimité ! Et si je découvre que quelqu'un a filmé ce…

Adelaide n'entendit pas la suite car Ted commençait à ramasser ses sacs. Des sacs qu'elle avait laissés tomber par terre.

— Je peux les porter ? demanda-t-il en les mettant sur son épaule.

— Et si on partageait ? suggéra-t-elle.

— Non, c'est mon tour !

Elle était trop fatiguée pour discuter. C'était une bonne chose qu'il lui propose son aide, et c'était gentil de sa part de le laisser faire. C'était gagnant-gagnant, comme Ted aimait à le dire. Il lui tendit la main, puis la conduisit jusqu'à son ascenseur privé, sous les regards médusés des badauds. Une fois les portes fermées, l'engin les propulsa vers le ciel.

Tout à coup, Adelaide se tourna vers lui et s'écria :

— T'ai-je seulement dit que je t'aimais ?

Il fixa l'écran d'affichage des étages, comme s'il voulait que l'ascenseur monte plus vite encore.

— Je n'en doute pas, ma chérie.

— Je ne crois pas te l'avoir dit, répondit-elle, cherchant ses yeux.

— Alors j'ai dû le déduire scientifiquement, en me fondant sur des preuves. Tu es manifestement très amoureuse de moi.

— Tout à fait.

Lorsque les portes de l'ascenseur s'ouvrirent, Ted la souleva dans ses bras et l'embrassa comme un fou, avant de l'entraîner dans sa suite.

Épilogue

— J'y vais ! lança Adelaide.

Elle vérifia rapidement si les cactus avaient besoin d'eau, mais tous deux semblaient heureux sur le rebord de la fenêtre, l'un à côté de l'autre, les bras tendus vers la lumière qui brillait à travers les fenêtres de sa nouvelle cuisine. En effet, Ted et elle avaient découvert qu'ils avaient besoin d'une grande maison pour qu'elle puisse y travailler, et qui soit assez proche de Big Think pour Ted.

Leur bibliothèque était remplie de biographies de femmes extraordinaires, de romans d'amour et de textes scientifiques ardus, afin qu'ils puissent se blottir l'un contre l'autre pour lire. Une chambre d'enfant avait aussi été aménagée pour leur fille, Katie.

Tout en léchant le sucre glace collé sur ses doigts, Adelaide bondit hors de la cuisine pour aller ouvrir la porte. Ted était là, plus séduisant que jamais, leur bébé de cinq mois calé sur la hanche et une boîte isotherme à la main.

— C'est pour moi ? demanda-t-elle.

Adelaide l'ouvrit et y trouva une salade composée, une banane et un muffin aux myrtilles.

— Qui rencontres-tu aujourd'hui ? demanda Ted en remontant Katie un peu plus haut sur sa hanche.

— La star du nouveau film de Lois Lane ! répondit Adelaide en passant la main sur les boucles blondes de Katie. On vient de lui diagnostiquer le syndrome d'Asperger et j'ai l'exclusivité.

— Bien joué !

Un coup d'œil à l'extérieur lui indiqua que son chauffeur était arrivé.

— Et toi ? Quels sont vos projets pour aujourd'hui ?

— Sauver le monde, et retirer les miettes de biscuit dans mes cheveux.

— La routine...

— Oui. Sid doit venir contrôler les panneaux solaires et maman trouvera sans doute un prétexte pour passer. Il se pourrait que je regarde un film avec Katie. Cinq mois, c'est assez vieux pour découvrir *Calamity Jane*.

Adelaide gronda.

— Ne t'avise pas de faire ça sans moi !

— Très bien. Quand elle aura seize ans, peut-être, dit Ted en déposant un baiser dans les cheveux de sa fille.

Un dernier baiser pour sa fille, un autre pour son homme, et Adelaide sortit sur le perron, ses sacs en bandoulière. Fidèle à la devise de sa mère, elle était habillée pour la vie qu'elle voulait, qui était aussi la vie qu'elle avait.

Vous avez aimé ce roman ?
Découvrez la suite de votre série
« Célibataires en sursis » dès le mois prochain
dans votre collection Azur !